Ateliers
RENOV'LIVRES S.A.
2000

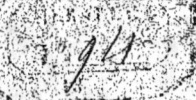

STATION SÉRICICOLE DE MONTPELLIER

E. MAILLOT, Directeur.

MÉMOIRES ET DOCUMENTS SUR LA SÉRICICULTURE

NOUVELLES RACES

DE

VERS A SOIE DU MURIER

RAPPORT ADRESSÉ A LA CHAMBRE DE COMMERCE DE LYON

PAR

M. Eugène MAILLOT

PROFESSEUR AGRÉGÉ DE L'UNIVERSITÉ,
DIRECTEUR DE LA STATION SÉRICICOLE DE MONTPELLIER.

MONTPELLIER

TYPOGRAPHIE ET LITHOGRAPHIE CHARLES BOEHM

Imprimeur de l'Académie des Sciences et Lettres,
du Conseil Supérieur des Facultés.

1889

NOUVELLES RACES

DE

VERS A SOIE DU MURIER

EXTRAIT

des *Annales de l'École Nationale d'Agriculture de Montpellier.*

STATION SÉRICICOLE DE MONTPELLIER

E. MAILLOT, Directeur.

MÉMOIRES ET DOCUMENTS SUR LA SÉRICICULTURE

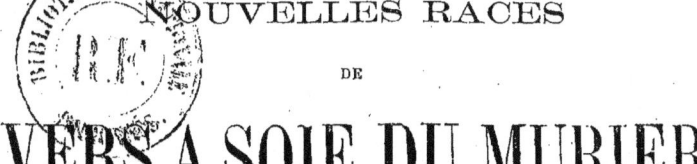

NOUVELLES RACES

DE

VERS A SOIE DU MURIER

RAPPORT ADRESSÉ A LA CHAMBRE DE COMMERCE DE LYON

PAR

M. Eugène MAILLOT

PROFESSEUR AGRÉGÉ DE L'UNIVERSITÉ,
DIRECTEUR DE LA STATION SÉRICICOLE DE MONTPELLIER.

MONTPELLIER

TYPOGRAPHIE ET LITHOGRAPHIE CHARLES BOEHM

Imprimeur de l'Académie des Sciences et Lettres,
du Conseil Supérieur des Facultés.

1889

NOUVELLES RACES

DE

VERS A SOIE DU MURIER

AVANT-PROPOS.

C'est la première fois, croyons-nous, qu'a été fait en Europe
l'élevage simultané et comparatif de près de cent races différentes
de vers à soie. La plus grande partie de ces races provenaient de
la Chine et du Japon. Plusieurs même étaient et sont encore
inconnues des savants. Un entomologiste anglais que ses travaux sur les Lépidoptères séricigènes ont rendu célèbre, M. Frédéric Moore, est d'avis que, parmi ces races, il y en a de tout à
fait différentes de celles que nous rattachons au Bombyx du
mûrier de Linné, et il doit les décrire et les nommer prochai-
nement.

Toutes ces races chinoises et japonaises avaient été envoyées
à M. Natalis Rondot, les premières par l'Inspecteur général des
Douanes impériales chinoises, les secondes par le ministère de
l'Agriculture du Japon. Les races chinoises présentaient des
matériaux d'étude particulièrement intéressants ; elles avaient
été réunies par l'un des commissaires impériaux, M. Klein-
wâchter, que l'Inspecteur général, sir Robert Hart, avait chargé de
la direction des recherches relatives à la sériciculture. M. Rondot
avait mis à la disposition de la Chambre de Commerce de Lyon

les œufs de ces races chinoises et japonaises, ainsi que des œufs d'autres races de la Corée et de la Perse.

La Chambre de Commerce de Lyon, jugeant que la connaissance de ces variétés présumées nouvelles pouvait être utile à notre sériciculture, et qu'il importait également de se rendre compte de la valeur relative des races asiatiques, a bien voulu porter son choix sur la Station séricicole de Montpellier pour lui confier ces études. Le ministère de l'Agriculture, consulté à ce sujet par la Chambre de Commerce de Lyon, a donné son approbation à ce projet et a affirmé l'intention de seconder la Chambre dans les recherches qu'elle poursuit pour l'amélioration de notre production séricicole.

De son côté, M. N. Rondot, qui connaissait ces vers à soie depuis longtemps et regardait l'étude de plusieurs d'entre eux comme particulièrement intéressante, m'a vivement engagé à entreprendre cette tâche, en me faisant entrevoir l'intérêt pratique qu'elle devait présenter.

J'ai donc accepté ce mandat, quoiqu'il fût évident que son exécution devrait bouleverser complètement le plan ordinaire des travaux de la Station séricicole : ce n'étaient plus des journaliers, simples manœuvres, qu'il eût fallu comme auxiliaires, mais des observateurs attentifs et instruits. Malgré toute l'assiduité de mes aides, je ne pus suivre aussi complètement qu'il l'eût fallu tous les détails des élevages, surtout en 1887. Même la campagne de 1888 n'a été qu'une ébauche incomplète de l'immense travail dont M. Rondot m'avait tracé le cadre et m'avait fourni les éléments ; elle eût été plus incomplète encore si, par de fréquentes lettres et des conseils réitérés, M. Rondot n'eût stimulé mon zèle et dirigé toutes mes recherches.

En dépit de ces lacunes, mes premières observations sont déjà suffisantes pour établir que l'étude des races étrangères de vers à soie peut doter notre pays de variétés dont nos éleveurs tireront bon parti. Plus tard, ces observations, poursuivies méthodiquement, permettront de faire le classement de toutes les races ; elles détermineront dès lors avec précision les plus précieuses pour l'industrie lyonnaise, qui pourra les signaler à l'attention des producteurs de toutes les nations.

L'étude comparée des races de vers à soie est devenue, à notre époque, tout à fait nécessaire. On sait toutes les difficultés que suscite à nos éleveurs la concurrence étrangère. M. Natalis Rondot, dans son grand ouvrage sur l'*Art de la Soie*, les a mises en relief ; il a fait voir combien il importe de ne négliger aucune ressource, de connaître toutes les races, de choisir les plus avantageuses, et de perfectionner nos soies sans cesse et toujours. Il a appelé l'attention sur des races qui seraient de précieuses acquisitions. Mais, dans cette voie, le premier point et certainement le plus difficile à atteindre, c'est d'entrer en possession des spécimens des races les plus remarquables de tous les pays. Précisément, c'est la tâche que M. Rondot s'est imposée et qu'il poursuit depuis une douzaine d'années avec une ardeur et une persévérance rares. Mettant à profit les hautes relations et les amitiés qu'il possède, particulièrement en Asie, il a fait explorer déjà de vastes contrées et réuni par milliers les spécimens de cocons et de graines, pour les livrer ensuite aux spécialistes, savants et éleveurs.

C'est à ceux-ci maintenant à faire bon emploi de ces précieux matériaux. Ayant eu le privilège, quant à moi, d'en obtenir une si large part, j'ai encouru une responsabilité dont je sens aujourd'hui tout le poids ; aussi, en offrant à la Chambre de Commerce de Lyon ces premiers essais, j'ai besoin de solliciter toute son indulgence et de la supplier d'apprécier, non pas le peu que j'ai fait, mais plutôt ce qui pourra être obtenu d'utile et de pratique en suivant la voie que j'ai tracée.

CHAPITRE PREMIER.

CONSIDÉRATIONS GÉNÉRALES. — HISTOIRE DE LA RACE DITE *Sina*.
RACES POLYVOLTINES.

Le ver à soie du mûrier présente, comme tous les animaux depuis longtemps domestiqués, une multitude de variétés dont les plus stables sont qualifiées de *races*. Ainsi, on distingue des races annuelles et des races polyvoltines ; des races à trois mues ou à quatre mues ; des races à cocons jaunes, verts, blancs, de diverses formes et de diverses grandeurs ; des races à vers blancs, gris, noirs, zébrés, tachetés, etc.

L'étude de toutes ces races et de leurs croisements est intéressante à tous égards. Aux naturalistes, elle paraît bien propre à fournir des documents précis sur les variations correspondantes aux conditions diverses dans lesquelles les vers sont placés : il n'est pas d'animaux qui se prêtent si bien aux expériences et dont la vie soit de si courte durée. D'autre part, les agriculteurs et les industriels peuvent attendre de semblables recherches des indications précieuses au sujet des races les plus robustes ou les plus productives en soie, et peut-être aussi la découverte de méthodes certaines pour conserver ou perfectionner encore les races élevées aujourd'hui en Europe.

Le programme de ces recherches paraît des plus simples. Que faut-il en effet ? Avoir un certain nombre de lots de graines de vers à soie accompagnés des types de cocons correspondants ; ensuite, élever ces graines dans des conditions déterminées. Ces conditions sont-elles identiques pour tous les lots, on n'aura plus qu'à comparer entre eux les cocons produits ; on les comparera aussi à leurs types primitifs. Si les conditions sont différentes, on appréciera les modifications qui ont pu résulter de ces différences.

Mais, à l'exécution, ces observations présentent des difficultés sérieuses. On pourra bien se procurer des graines, mais rarement elles seront toutes saines et bien conservées ; plus rarement encore elles correspondront chacune à un type unique de vers et de cocons. On sera donc forcé de consacrer plusieurs années à élever ces graines, afin de séparer les diverses sortes et d'éliminer la pébrine, s'il y en a ; c'est seulement après ce travail préparatoire qu'on pourra obtenir des cocons de chaque race en nombre suffisant pour les livrer à des filateurs et estimer leur valeur industrielle. On aura en même temps reconnu la durée de la vie des vers, leur consommation de feuilles, et, d'après tout cela, jugé si leur élevage peut, au point de vue économique, donner chez nous de bons résultats. On aura encore, chemin faisant, reconnu les variations qui auront pu survenir dans le type des vers ou des cocons ; peut-être faudra-t-il un grand nombre de générations pour rendre ces variations apparentes et durables. Que de soins ne faudra-t-il pas, pendant une si longue période de temps, pour bien isoler tous les lots et empêcher tout mélange ou croisement accidentel !

Actuellement, les races sont mélangées ou croisées à tel point qu'on aura déjà beaucoup de peine à en isoler quelques-unes à l'état de pureté. Cette séparation est pourtant indispensable si l'on veut mettre quelque précision dans la détermination des caractères des races et l'étude de leurs croisements.

On a heureusement, grâce à M. Pasteur, l'avantage inappréciable de pouvoir donner à ces recherches la continuité nécessaire ; en sélectionnant les reproductions, on peut poursuivre pendant une suite d'années indéfinie la descendance d'une même graine. Les expérimentateurs du dernier siècle : les Bonafous, les Robinet, les Beauvais, etc., ne possédant pas cette méthode, n'ont pu étendre bien loin leurs investigations. Néanmoins, comme ils ont beaucoup étudié les vers de la race *Sina*, tirée de la Chine, leurs travaux sont une introduction aussi nécessaire que naturelle à l'étude des autres races tirées de la même contrée.

Au commencement du xviiie siècle, la Chine et les Indes fournissaient déjà aux fabriques de Lyon de grandes quantités de soie ; on commençait à peine à apprécier les soies de la France et de l'Italie, regardées longtemps comme inférieures, et, pour les étoffes blanches surtout, les soies de la Chine semblaient indispensables. Aussi accueillit-on avec joie l'annonce que des voyageurs apportaient de la Chine des graines d'une race à cocons blancs magnifiques, dite race *Sina :* c'était vers 1780, sous le règne de Louis XVI. Les graines furent remises à un éleveur nommé Bolliond, de Brogieux, près d'Annonay, lequel réussit à les propager. Une fabrique de blondes, au Bourg-Argental, achetait la soie de ces cocons au prix de 146 fr. le kilogr. En 1820, cette soie valut 193 fr. 50 ; on la demandait pour les fabriques de Caen et même jusqu'en Angleterre. Un industriel de Lyon, nommé Poidebard, avait depuis 1812 acquis des graines de ces *Sina* de Bourg-Argental, pour les élever à Saint-Alban, et obtenu, en 1819, jusqu'à 900 kilogr. de cocons d'une blancheur remarquable. La même année, Rocheblave, à Alais, en avait récolté 2,400 kilogr. d'un type un peu plus gros, mais moins blanc que ceux de Poidebard. Tous deux furent récompensés par la Société d'Encouragement[1].

A cette race *Sina*, les Italiens faisaient concurrence avec une autre race blanche de *Novi.* Bonafous fit la comparaison des deux races en 1832 ; en voici les résultats[2] :

	Sina	Novi
Durée de l'élevage......................	39 jours	40 jours
Nombre de vers mûrs pesant 1 once....	6 vers	9 vers
Nombre de cocons pesant 1 once	11 cocons	13 cocons
Poids de la soie tirée de 1 rub de cocons.	20 5/8 onces	25 onces
Couleur de la soie.....................	Blanc sup'.	Blanc ordin.

Bonafous conclut en faveur des *Novi,* à cause de leur rendement plus fort. Ses élevages étaient faits aux environs de Turin.

---

[1] Ces renseignements sont tirés d'une lettre de Nicod, d'Annonay, insérée au tom. V des *Annales de la Société séricicole* (1841, pag. 264) et des *Annales de l'Agriculture française*, par Teissier et Bosc, tom. XXII, pag. 55.

[2] Voir *Bulletin de Férussac*, 1825, tom. IV.

De son côté, Moretti, à Pavie, s'efforça de déprécier les *Sina*, en assurant qu'au bout de trois reproductions sous les climats d'Europe ils perdaient beaucoup de leur blancheur [1].

Malgré tout, la vogue des *Sina* fut persistante. En 1832, Lambruschini en élevait en Toscane, et Camille Beauvais à Sénart. En 1838, Aubert les introduisait à Neuilly dans la magnanerie royale; enfin, à Annonay même, en 1839, les cocons de cette race se vendaient jusqu'à 9 fr. 40 le kilogr. Nicod, d'Annonay, qui nous donne ce détail, ajoute que les vers sont faciles à élever, mangeant moins de feuilles et vivant moins longtemps que ceux des autres sortes.

Je n'ai trouvé dans aucun Mémoire de cette époque la détermination exacte de la forme et des dimensions des cocons *Sina*, pas plus que des caractères des vers eux-mêmes; il n'est donc pas possible de savoir si ces caractères ont varié depuis l'introduction de cette race en France.

Avec les recherches de M. Robinet, commencées à Poitiers en 1837, les indications numériques deviennent plus nombreuses [2]. Les *Sina* qu'il élevait en 1837 venaient de Neuilly; tous les vers étaient blancs et les cocons extra-blancs; 500 faisaient le kilogr. En 1838, il constate la présence de quelques vers à peau presque noire, qu'il ne sait comment expliquer. Y a-t-il eu atavisme ou variation, ou tout simplement mélange accidentel avec un lot de vers noirs élevés dans le voisinage? On ne sait. Le nombre des cocons au kilogr. s'est accru, il est de 518. Sur 100 gram. de cocons, il y a un 12^{gr},10 de coques soyeuses, tandis que dans les jaunes Turin les coques pèsent plus de 19 gram. Enfin, l'année suivante, 1839, il faut 542 cocons au kilogr., et en 1840 il en faut 680! Le rendement en soie à la filature atteint tout au plus 8 °/₀, quand les jaunes donnent couramment 10 °/₀. Cette dégradation du type des *Sina* étonne et désespère M. Robinet; il croit devoir les abandonner et tourne son activité vers d'autres objets.

[1] Moretti e Chiolini; *Sui gelsi e sui bachi da seta*. Milano, 1839.
[2] Robinet; *Mémoire sur l'industrie de la soie*. Paris, 1846.

A cette époque (1840), le nombre d'œufs par gramme des *Sina* de Poitiers était de 1,335; le poids moyen d'un cocon $1^{gr},47$, celui de la coque soyeuse $0^{gr},22$; les diamètres d'un cocon $32^{mm},25$ et $18^{mm},51$.

Dans son livre sur le Cocon (1875), M. Duseigneur a ainsi caractérisé les *Sina* de Poitiers :

Format moyen ovale cintré ; grain fin ; coque carteuse et mince ; beau blanc ; diamètres 350—175 ; décreusage 22/23 $^{o}/_{oo}$; frisons 28/34 $^{o}/_{o}$. Cocons doubles 5/6 $^{o}/_{o}$; rente 12/14 ; sans duvet ; coque pesant net en matière soyeuse 21 centigr.

Il résulte de ce qui précède que le type des *Sina* s'est dégradé entre les mains de M. Robinet. Peut-être la maladie des corpuscules, dont la nature n'était pas connue à cette époque et qui commençait à sévir dans quelques localités, a-t-elle causé l'amincissement des cocons et leur diminution de poids ? Peut-être aussi la race élevée par M. Robinet s'est-elle subdivisée en plusieurs variétés, de mérite très différent, dont les meilleures ont disparu ? Cette race, en effet, n'était nullement pure et unique, comme on le croit généralement. M. Émile Beauvais nous apprend qu'en 1842 elle comprenait des vers à peau noire, dits *negroni* ou *moricauds*, se reproduisant fidèlement avec leurs caractères, et en outre des vers à trois mues ; il y avait aussi, parmi les cocons blancs azur, quelques cocons verdâtres et même des jaunes [1].

M. Camille Beauvais avait déjà projeté de séparer les variétés qu'il rencontrait ainsi, non seulement dans les *Sina*, mais dans toutes les races de vers à soie ; c'est ce qu'il appelait *régénération des races* ou recherche des *sang-pur*. Il dit dans les *Annales séricicoles* de 1847 [2] qu'il avait réussi à isoler deux races dont les formes et les couleurs se conservaient déjà permanentes, mais il ne décrit pas ces races. Une longue maladie vint l'arrêter dans ses travaux, et il mourut en 1852 sans en avoir publié les derniers résultats.

---

[1] *Annales de la Société séricicole*, 1842, tom. VI, pag. 405.
[2] *Ibid.*, 1847, tom. XI, pag. 285.

Je ne poursuivrai pas plus loin l'histoire des *Sina*. Il serait difficile de les reconnaître au milieu des mélanges et croisements de toutes sortes que nos éleveurs ont dû faire quand la pébrine a détruit leurs anciennes races. Ce qui précède suffit d'ailleurs pour démontrer que le plan des études actuelles est précisément en concordance avec celui de Camille Beauvais. Les recherches que j'ai entreprises ne sont en quelque sorte que la continuation des siennes.

Elles doivent pourtant avoir un caractère plus général. C. Beauvais dédaignait trop les races polyvoltines. Il est vrai que les annuelles sont, pour nos climats, infiniment plus productives; mais les polyvoltines se prêtent mieux à des études suivies d'histoire naturelle. D'ailleurs, en s'acclimatant, elles donnent une partie de graines qui se conserve et peut devenir annuelle.

Il y a longtemps que les bivoltins et les trivoltins sont connus en Europe. On sait que Malpighi a fait, en 1668, des dissections de trivoltins.

Plus récemment, on a reçu de la Chine de nouveaux spécimens de races polyvoltines. En 1837, par exemple, M. Hébert, envoyé du Gouvernement français en Chine, procura à C. Beauvais des graines qui arrivèrent en partie écloses et donnèrent des verts petits, vifs, brillants, à peau bleuâtre, devenant ensuite blanchâtres et enfin jaunes. Les cocons furent d'un jaune de soufre, pointus, satinés, agglomérés en tas. Ces polyvoltins éclosaient tous les mois [1].

Un peu plus tard, en 1846, C. Beauvais en reçut d'autres de M. Hedde, délégué commercial en Chine : les graines, en fort mauvais état, donnèrent un petit nombre de vers d'une transparence et d'une délicatesse remarquables ; quelques-uns avaient de petites protubérances dorsales colorées ; tous firent des cocons blancs. Leurs lobes soyeux parurent à C. Beauvais plus développés relativement aux autres organes que dans les races d'Europe. Les papillons furent d'une vivacité et d'une sveltesse

---

[1] *Annales de la Société séricicole*, 1838, tom. II, pag. 331.

singulières[1]. M. Natalis Rondot, qui faisait, avec M. Hedde, partie de la mission de France en Chine, envoya aussi en France, en 1845, des graines de ces vers à protubérances dorsales et à cocons blancs assez riches en soie, vers qu'il avait observés dans le Tché-kiang et qu'il devait faire recueillir dans la même région quarante ans plus tard.

En 1859, Castellani, dans le voyage qu'il fit en Chine, se procura des graines de races polyvoltines, dont cinq onces environ furent élevées à Naples par la Société d'Encouragement de cette ville. Dans une Note présentée à cette Société le 14 juin 1860, M. Achille Costa rendit compte de ces essais. L'éclosion traîna du 10 au 17 avril, mais fut complète; puis, à toutes les mues, il y eut beaucoup de mortalité; les vers devenaient *gras* ou inégaux et tachés (*pébrine !*); la récolte se réduisit à 5,000 cocons environ, d'un beau blanc, mais petits et légers; 600 de ces cocons pesaient autant que 400 de la race ordinaire du pays. Pour former le bout de soie grège, il fallait 8 cocons au lieu de 4. Pour une récolte d'égal poids, la consommation de feuille était à peu près la même dans ces races et celles du pays; les races de la Chine ne semblaient donc nullement recommandables, à cause de leur faible rendement en soie.

Mais ce qu'elles offrirent de plus curieux, ce fut la diversité des dessins ornant le corps des larves; Costa en distingua de huit variétés, sans compter les variétés intermédiaires:

1º Des vers *blancs:* corps blancs sans taches, lunules cendrées peu visibles (les lunules sont des taches en forme de croissant, situées sur le 2e et le 5e anneau de l'abdomen);

2º Des vers *blancs à lunules noires:* corps blanc; thorax marqué de quatre taches noires; lunules d'un noir vif;

3º Vers *blancs à rayures noires:* corps blanc, bande noire sur la partie antérieure de chaque anneau;

4º Vers *tachetés:* corps blanchâtre, thorax et abdomen marqués de taches symétriques rougeâtres plus ou moins sombres;

[1] *Annales de la Société séricicole*, 1846, tom. X, pag. 307. Voir ci-après l'Appendice, par M. Lambert.

5° Vers *ocellés :* corps brun violacé ; taches rondes, couleur cannelle, bordées de brun sur les 2e, 3°, 4°, 5e et 6e anneaux de l'abdomen ; le thorax et le 1er anneau abdominal sont d'un brun noirâtre ;

6° Vers *noirs à rayures blanches :* corps brun noirâtre violacé par places ; anneaux de l'abdomen rayés de blanc sur leur bord postérieur.

7° Vers *noirs (mori) :* corps brun noirâtre, plus clair ou plus foncé par places, et violacé en d'autres places ; le nom vulgaire de ces vers est *schiavoni* [1].

8° Vers *à bosses :* chaque anneau abdominal portant deux renflements ou tubérosités plus ou moins marqués.

Tous ces vers, d'ailleurs, eurent quatre mues ; ils vécurent moins longtemps et acquirent une taille moindre que ceux de la race ordinaire de Naples.

La plupart des variétés décrites ci-dessus se retrouveront dans nos élevages de 1887 et 1888.

Je ne sais pas s'il existe des observations continuées plusieurs années de suite sur les races polyvoltines. On en élève bien un peu partout, en Europe, mais sans s'attacher à l'étude de leurs caractères zoologiques. Ces caractères sont-ils susceptibles de varier ? Que résulterait-il de leurs croisements avec les races annuelles ? Nous l'ignorons encore.

CHAPITRE II.

ÉLEVAGES DE 1887.

Au printemps de 1887, M. Natalis Rondot me fit parvenir trente-sept sortes de graines de vers à soie provenant directement de la Chine et de la Perse, et me conseilla d'étudier les caractères distinctifs des races que ces graines devaient repré-

---

[1] Puisque *mori* et *schiavoni* sont synonymes dans le pays napolitain, ne peut-on pas supposer que la Morée ait été ainsi nommée, à cause des Esclavons qui occupaient ce pays au viiie siècle ?

senter. Jusqu'alors je n'avais pas fait grande attention aux différences des races : j'étais donc bien loin de comprendre toute l'étendue de la tâche que j'allais entreprendre. Je ne fus frappé que de la nouveauté de ces graines, et j'étais curieux d'en tirer des cocons malgré le mauvais état où elles se trouvaient à leur arrivée. M. Lambert, alors stagiaire à la Station séricicole, voulut bien m'aider dans ce travail ; c'est à son zèle infatigable que je dois la plupart des déterminations numériques relatives aux élevages de 1887. On verra que nous avons omis de faire beaucoup d'autres observations, soit par inexpérience, soit faute de temps et d'espace : ces élevages demandent en effet beaucoup de place et une assiduité continuelle ; il faut aussi saisir le moment précis de faire les mesures voulues, à cause de la rapidité de l'évolution des vers.

On trouvera ci-après la liste de ces races de Chine rangées au hasard avec les numéros qu'elles portaient. Ensuite vient la description sommaire des élevages : là, j'ai cru devoir suivre l'ordre alphabétique des noms d'origine [1], afin de faciliter les recherches.

Les récoltes des cocons mentionnées pour chaque sorte ont été faites en deux fois : un élevage précoce, commencé vers le 8 mars, avec une moitié de chaque lot; et un second plus tardif, commencé fin avril, avec l'autre moitié.

J'ai indiqué par des nombres mis entre [ ] les diamètres moyens des cocons en millimètres; les mesures ont été prises sur dix cocons mis bout à bout. On a aussi calculé le nombre N des cocons nécessaires pour faire un poids d'un kilogr. d'après une pesée effectuée sur 15 ou 20 cocons frais.

On n'a pas tenu exactement note des mues, parce que les éclosions duraient fort longtemps et que les vers de chaque lot, à des âges assez différents, se mêlaient dans le panier unique où ils étaient logés.

---

[1] Je donne les noms d'origine tels que je les ai reçus à l'époque ; M. Rondot m'a fait observer qu'ils étaient écrits suivant l'orthographe usitée par les Anglais en Chine.

LISTE DES GRAINES ÉTRANGÈRES ÉLEVÉES EN 1887.

Graines de Chine.	*Marque d'origine.*	
N° 1. Yu pi tsan tzu, 6ᵉ récolte, de Ning po...............	24	IX
2. Hei pi tsan tzu, 3ᵉ récolte.....................	24	II
3. Ping hu tsan tzu.........................	25	VII
4. Hua pi tsan tzu, 2ᵉ récolte, de Hou tchéou fou....	23	V
5. Pai pi tsan tzu, 2ᵉ récolte, de Hou tchéou fou....	23	I
6. Hui pi tsan tzu, 3ᵉ récolte....................	24	III
7. Ching pi tsan tzu, 3ᵉ récolte................	24	IV
8. Ching pi tsan tzu, 6ᵉ récolte.................	24	X
9. Tien tai hsin chang tsan tzu....................	25	IV
10. Yu pi tsan tzu, 5ᵉ récolte...................	24	VII
11. Wu lou tsan tzu..............................	25	V
12. Hei pi tsan tzu, 2ᵉ récolte, de Hou tchéou fou...	23	III
13. Pai pi tsan tzu, 3ᵉ récolte....................	24	I
14. Ching pi tsan tzu, 5ᵉ récolte................	24	VIII
15. Tou erh tsan tzu..........................	82	I
16. Ching pi tsan tzu, 2ᵉ récolte, de Hou tchéou fou..	23	IX
17. Tou erh tsan tzu, de Yu hang................	82	II
18. Hui pi tsan tzu, 2ᵉ récolte, de Hou tchéou fou...	23	IV
19. Chê shu tsan tzu..........................	25	I
20. Huang chiao tsan tzu......................	25	II
21. Tou erh tsan tzu, de Hai yen.................	25	IX
22. Ssu tsan tzu..............................	25	XII
23. Wu tsan tzu...............................	25	XIV
24. San tsan tzu..............................	25	X
25. Mao yao tsan tzu..........................	25	VI
26. Tou erh tsan tzu..........................	25	XIII
27. Yu hang tsan tzu..........................	25	III
28. San mien tsan tzu.........................	25	XI
29. Chia hsing tsan tzu.......................	25	VIII
30. Hua pi tou tsan tzu, de Hing kiang kiao........	31	I
31. Pai pi tou tsan tzu, —	32	I
32. Lung chiao tou tzan tzu, —	33	
33. *Graines de la Corée*....................		
34. *Graines de Canton*.....................		
35. *Graines de Canton*.....................		
36. *Graines de la Perse*....................		
37. *Graines de Bagdad*.....................		

DÉTAIL DES ÉLEVAGES DES GRAINES PRÉCÉDENTES.

Chê shu tsan tzu (n° 19).

Œufs non corpusculeux. Vers blancs à teinte bleuâtre, mêlés de vers à rayures noires transversales. Récolte : onze cocons blancs [19-30] et six verdâtres [14-30] (ces nombres sont les diamètres moyens en millimètres). N = 1.600 (nombre de cocons au kilogramme).

De ces cocons, on tire 2 pontes, dont l'une reste annuelle (voir 1888); l'autre bivoltine et donne 5 cocons blancs médiocres [15-26].

De ces cocons, on tire encore 2 pontes qui trivoltinent; on obtient 8 cocons blancs assez jolis [15-29], mais ils ne font pas de graine du tout.

Cette race contient des vers à 3 mues et d'autres à 4 mues; on n'a pas songé à les séparer.

Chia hsing tsan tzu (n° 29).

Œufs non corpusculeux. Vers blancs ordinaires. Récolté quinze cocons blancs assez forts [16-31]. N = 866.

De là on tire 2 pontes qui n'ont pas bivoltiné; mais par malheur les dermestes ont dévoré ces graines.

Ching pi tsan tzu, 2ᵉ récolte (n° 16).
Ching pi tsan tzu, 3ᵉ récolte (n° 7).
Ching pi tsan tzu, 5ᵉ récolte (n° 14).
Ching pi tsan tzu, 6ᵉ récolte (n° 8).

Œufs non corpusculeux.

N° 16. Vers blancs, mêlés de vers rayés de noir. Récolté 13 cocons blancs [17-29] et 6 verdâtres [14-31]. N = 1.200. On fait 2 pontes qui bivoltinent; on les abandonne.

N° 7. Vers blancs, mêlés de quelques moricauds. Récolté 46 cocons blancs [14-28] et 60 verdâtres [14-28], tous très laids. On n'a qu'une seule ponte; elle bivoltine et on la laisse perdre. N = 1.146.

N° 14. Vers de teinte bleuâtre unie, s'agglomérant en tas. Récolté 90 cocons blancs [13-26]. N = 1.618.

On n'en tire qu'une seule ponte; elle bivoltine et produit 5 cocons blancs assez forts [15-36].

De cette 2ᵉ récolte on fait 2 pontes, dont l'une, trivoltine, est négligée; l'autre est gardée pour 1888.

N° 8. Toute la graine de ce n° est éclose à l'arrivée et les vers sont desséchés.

On voit, par la diversité des vers des nos 14 et des nos 16 et 7, que la race Ching pi est un mélange de plusieurs races, qu'il faudrait isoler pour les étudier complètement.

Hei pi tsan tzu, 2ᵉ récolte de Hou tchéou fou, (n° 12).
Hei pi tsan tzu, 3ᵉ récolte e Hou tchéou fou, (n° 2).

Œufs non corpusculeux.

N° 12. Vers bleuâtres, mêlés de moricauds et de blancs. Récolté 40 cocons blancs [14-29] et 3 verdâtres. N = 1.080. On prépare 3 pontes. Elles bivoltinent toutes et on les laisse perdre.

N° 2. Vers blancs mêlés de moricauds. Récolté 24 cocons blancs [13-26] et 6 verdâtres [14-28]. N = 1.500. On fait 2 pontes. Elles bivoltinent et on les néglige.

Hua pi tou tsan tzu, de Hing kiang kiao (n° 30).
Hua pi tsan tzu, 2ᵉ récolte, de Hou tchéou fou (n° 4).

N° 30. Œufs très corpusculeux.

Vers noirs très jolis, la plupart ayant des taches dorsales en forme d'ocelles de couleur marron, situées par paires sur les 2ᵉ, 3ᵉ, 4ᵉ et 5ᵉ anneaux de l'abdomen. Les lobes soyeux de ces vers sont blancs; ils pèsent à maturité 0gr,77, et le ver tout entier 2gr,06. Récolté 59 cocons blancs [15-33] assez fermes. N = 757. On en tire 2 pontes, dont l'une bivoltine et n'est pas élevée; l'autre est dévorée par les dermestes.

N° 4. Œufs sans corpuscules.

Vers noirs très jolis, avec ou sans ocelles marron. Poids moyen d'un ver mûr, 1gr,281; de ses glandes soyeuses, 0gr,555. Récolté 60 cocons blancs [15-34] et 1 verdâtre. N = 750. On en tire 3 pontes, dont l'une reste annuelle (voir 1888, n° 35), tandis que les 2 autres bivoltinent. On les élève : elles font des vers zébrés de noir; les cocons sont blancs. Il y a beaucoup de flacherie; on n'a qu'une seule ponte, qui sera élevée en 1888 (voir 1888, n° 36).

Huang chiao tsan tzu (n° 20).

Œufs légèrement corpusculeux.

Vers d'aspect ordinaire, tardifs aux mues. Poids moyen d'un ver mûr, 1gr,130; de ses glandes soyeuses, 0gr,305. Récolté

17 cocons blancs assez jolis [17-31] et 22 cocons jaune doré [13-33]. N $=$ 856.

Une ponte a bivoltiné ; on ne l'a pas élevée. Une autre ponte a été dévorée par les dermestes, de sorte que cette race a été perdue.

Hui pi, 2ᵉ récolte, de *Hou tchéou fou* (n° 18).
Hui pi, 3ᵉ récolte (n° 6).

Œufs non corpusculeux.

N° 18. Vers d'aspect ordinaire. Récolté 24 cocons blancs. N = 888. On prépare 2 pontes; l'une éclôt et n'est pas recueillie; l'autre reste annuelle (voir 1888, n° 43).

N° 6. Vers blancs mêlés de quelques moricauds. Récolté 134 cocons blancs [14-26]. N $=$ 1.300. On n'a qu'une seule ponte qui bivoltine et n'est pas recueillie.

Lung chiao tou tsan tzu (n° 32).

Œufs corpusculeux.

Les vers éclos, étudiés par groupes de 3, ont donné 6 groupes sains et 5 groupes corpusculeux, ce qui fait un minimum de 5 sujets malades sur 33, ou 15 %. Malgré ce degré d'infection, la récolte a été abondante.

Les vers sont blancs; plusieurs se distinguent par des tubercules saillants, disposés 2 par 2 sur les anneaux du thorax et de l'abdomen. Poids moyen d'un ver mûr, 2^{gr},380 ; de ses glandes soyeuses, 0^{gr},807; les lobes sont verdâtres. Récolté 380 cocons [14-24] blancs, ovales, assez jolis, dont 25 doubles, c'est-à-dire 6 à 7 %. N $=$ 840. On fait 6 pontes de reproduction ; aucune ne bivoltine (voir 1888, n° 50).

Mao yao tsan tzu (n° 25).

Œufs légèrement corpusculeux.

Vers d'assez grande taille, d'aspect ordinaire. Récolté 36 cocons blanc verdâtre [17-32]. N $=$ 843. Une ponte bivoltine et n'est pas recueillie ; une autre, non éclose, est dévorée par les dermestes pendant l'été.

Pai pi tou tsan tzu, de *Hing kiang kiao* (n° 31).
Pai pi tsan tzu, 2ᵉ récolte, de *Hou tchéou fou* (n° 5).
Pai pi tsan tzu, 3ᵉ récolte (n° 13).

N° 31. Œufs non corpusculeux.

Vers blancs, mêlés de quelques vers gris perle. Lobes soyeux
verdâtres. Récolté une centaine de cocons blancs, ovales
[15-27]. N = 1.040. Une ponte bivoltine est négligée ; une
autre ponte, non éclose, est dévorée par les dermestes.

N° 5. Œufs non corpusculeux.

Vers bleuâtres sans taches. Récolté 47 cocons blancs [12-27] et
3 verdâtres [13-26]. N = 1.680. Deux pontes bivoltinent : on
les élève ; chose curieuse, ces vers sont moricauds et tous les
cocons sont blancs [13-27]. Une ponte de cette 2e récolte
n'éclôt pas (voir 1888, n° 37) ; une autre trivoltine, on l'élève,
elle donne 3 cocons [14-30] blancs, ovales, d'où 5 pontes pour
1888 (voir 1888, n° 38).

N° 13. Œufs légèrement corpusculeux.

Vers légèrement bleuâtres, petits, s'agglomérant volontiers.
Récolté 140 cocons blancs [14-29]. N = 1.095. On prépare
5 pontes, dont 4 bivoltinent et ne sont pas élevées ; la 5e reste
(voir 1888, n° 41).

Ping hu tsan tzu (n° 3).

Œufs non corpusculeux.

Vers blancs ordinaires. Récolté 23 cocons blancs assez gros
[17-34]. N = 1.071. De 6 pontes recueillies, 5 bivoltinent et
sont perdues ; la 6e reste pour 1888 (voir n° 34).

San tsan tzu (n° 24).
San mien tsan tzu (n° 28).

N° 24. Œufs non corpusculeux.

Vers blancs ordinaires. Récolté 17 cocons blancs [18-30].
N = 1.090. Une ponte bivoltine est négligée ; une autre reste
annuelle (voir 1888, n° 46).

N° 28. Œufs très corpusculeux.

Vers blancs ordinaires. Récolté 52 cocons blancs [17-31] et 14
cocons jaune doré [15-29]. N = 836. Poids d'un ver mûr,
1gr,48 ; de ses glandes soyeuses, 0gr,48. On obtient une seule
ponte de ces cocons ; elle bivoltine et on la laisse perdre.

Ssu tsan tzu (n° 22).

Œufs très corpusculeux.

Vers ordinaires. Cocons récoltés : 27 blancs, ovales, assez gros

[17-33] et un cocon verdâtre. N $=$ 800. On obtient une seule ponte qui bivoltine et qu'on laisse perdre.

Tien tai hsin chang tsan tzu (n° 9).

Œufs non corpusculeux.

Vers ordinaires. Poids d'un ver mûr, $2^{gr},189$; de ses glandes soyeuses, $0^{gr},769$. Récolté 55 cocons blancs très jolis [18-27]. N $=$ 769. Une seule ponte obtenue reste annuelle (voir 1888, n° 39).

Tou erh tsan tzu (n° 15).

     —   —   (n° 26).

     —   —   de *Hai yen* (n° 21).

     —   —   de *Yu hang* (n° 17).

Œufs non corpusculeux, sauf ceux du n° 17, qui le sont légèrement.

Vers d'aspect ordinaire; il y a quelques zébrés dans le n° 15; ceux du n° 17 sont de petite taille et s'agglomèrent volontiers.

N° 15. Récolté 57 cocons blancs et 5 verdâtres, de dimensions très inégales, en moyenne [15-27]. N $=$ 954. Trois pontes des ces cocons bivoltinent toutes et sont négligées.

N° 26. Cocons blanc verdâtre très inégaux : les uns gros, ovales [19-32], les autres petits [15-26]. Deux pontes de ces cocons restent annuelles (voir 1888, n° 47) ; une 3° ponte bivoltine et on l'élève ; les cocons de la 2° récolte sont blancs et donnent une ponte pour 1888 (voir n° 48).

N° 21. Cocons blancs, petits [14-25], mêlés de quelques gros, ovales [18-33]. N $=$ 1.100. Préparé 3 pontes : 1, qui bivoltine, est perdue ; 2 restent annuelles (voir 1888, n° 49).

N° 17. Cocons blancs inégaux, variant de [12-24] à [17-32]. N $=$ 1,291. 5 pontes obtenues bivoltinent et sont négligées.

Cette race est extrêmement mélangée.

Wu tsan tzu (n° 23).

Wu lou tsan tzu (n° 11).

Œufs très corpusculeux.

N° 23. Vers blancs, mêlés de moricauds et de gris perle. Cocons inégaux : 14 blancs, variant de [15-35] à [18-32], et 1 verdâtre. N $=$ 1,100. On fait 4 pontes, dont une reste annuelle (voir 1888, n° 45), et 3 bivoltinent ; on élève quelques vers de ces bivoltins, qui font des cocons blancs [16-30]. Pas de pontes de ces cocons.

N° 11. Vers ordinaires ; récolté 44 cocons blancs, ovales [17-33] et 5 cocons jaune doré [16-32]. N = 800. Deux pontes sont obtenues : l'une bivoltine et se perd ; l'autre reste annuelle voir 1888, n° 40).

Yü hang tsan tzu (n° 27).
Yü pi tsan tzu, 5e *récolte* (n° 10).
— — 6e *récolte* (n° 1).

N° 27. Œufs non corpusculeux.

Vers d'aspect ordinaire. Lobes soyeux verdâtres. Récolté 112 cocons blanc verdâtre assez gros [17-30]. N = 900. Deux pontes récoltées bivoltinent toutes deux et sont perdues.

N° 10. Œufs légèrement corpusculeux.

Vers d'aspect ordinaire. Récolté 183 cocons blancs, petits, vilains [12-25]. N = 1,633. Une ponte obtenue bivoltine, et on la néglige.

N° 1. Graine éclose à l'arrivée ; tous les vers sont morts.

Graines de la Corée (n° 33).

Graine collée sur très grand papier mince revêtu de grands caractères chinois. Pas un ver n'éclôt.

Graines de Canton (n° 34 et 35).

Aucun œuf n'a éclos de ces deux sortes de graines.

Graines de la Perse (races *Turbath* et *Malvalane ?* n° 36).

Graines légèrement corpusculeuses.

Vers d'aspect ordinaire, mêlés avec d'autres vers piquetés comme ceux du Japon. Cocons mélangés : les uns jaune doré satinés [14-29] ; les autres vert clair [15-30]. N = 866. Les six pontes tirées de ces cocons ont été mélangées par erreur, sans distinction de couleur (voir 1888, n° 62).

Graines de race de Bagdad (n° 37).

En 1886, M. Zarifian envoya de Brousse un petit sachet de graines dites *de Bagdad* ; les cocons furent presque tous blanc verdâtre [21-42]. N = 450. Quelques cocons (1 % environ) étaient jaune doré et furent écartés du grainage.

En 1887, la graine tirée des blancs donna encore quelques jaunes [20-43] et beaucoup de blancs toujours un peu verdâtres [21-45]. N = 370. Les graines furent mélangées (voir 1888, n° 61).

RÉSUMÉ DES ÉLEVAGES DE 1887.

En récapitulant les observations faites ci-dessus, on voit que, parmi les races de la Chine, un certain nombre ont bivoltiné en totalité : ce sont les n°s 1, 5, 6, 7, 10, 12, 15, 16, 17, 22, 28 ; d'autres ont bivoltiné partiellement, c'est-à-dire que quelques pontes ont éclos, tandis que d'autres pontes n'ont pas éclos avant le printemps de 1888, se comportant ainsi comme des graines annuelles : ce sont les n°s 2, 3, 4, 11, 13, 14, 18, 19, 20, 21, 23, 24, 25, 26, 27, 29, 30, 31.

Enfin, deux sortes n'ont pas bivoltiné du tout : ce sont les n°s 9 et 32.

On n'a pas pu, faute de temps et de place, élever toutes les sortes qui ont bivoltiné ; on a élevé seulement ceux des n°s 4, 5, 14, 26, 23, et 19. Pour les trivoltins, on n'a élevé que ceux des n°s 5 et 19.

Les races de Chine conservées pour 1888 sont, en définitive, les suivantes :

3^1, 4^1, 4^2, 5^2, 5^3, 9^1, 11^1, 13^1, 14^1, 18^1, 19^1, 21^1, 23^1, 24^1, 26^1, 26^2, 32^1.

Les indices de ces numéros signifient que les pontes conservées sont tirées des cocons de la 1re, ou de la 2e, ou de la 3e génération.

Au point de vue de la production économique, les races polyvoltines ne peuvent être admises en Europe : tout s'y oppose, le climat aussi bien que les habitudes ; on ne consentirait à en accepter que si les cocons présentaient des qualités extraordinaires d'éclat, de blancheur, etc., ce qui n'est le cas d'aucune des races précédentes. L'étude de ces races intéressera surtout les naturalistes. Qui sait, au surplus, si elles ne pourraient pas devenir annuelles ?

Les races paraissant annuelles sont: pour les Chine, les n°s 9 et 32 ; pour les races du Levant, les Perse et les Bagdad. Il serait nécessaire de les observer de plus près et de les comparer à nos races de l'Europe.

Je n'ai pas trouvé de difficulté à l'élevage des vers de la Chine : il suffit d'avoir la précaution de servir à ces vers des feuilles jeunes, et par suite très tendres ; dès que la feuille est un peu dure, ils ne peuvent plus y mordre.

Quant aux Bagdad, ils sont très voraces, et leur grande taille les rend plus sujets à la flacherie que nos vers de races jaunes ordinaires.

L'étude comparée des cocons exigerait l'intervention d'un filateur ; en attendant, j'ai déterminé, avec M. Lambert, les poids moyens des cocons frais et des coques soyeuses par des pesées sur dix cocons simples ; le rapport de la coque au poids total, ou richesse en soie, R S., est indiqué dans le tableau ci-après, qui comprend seulement un trop petit nombre de races.

	Poids de la coque soyeuse	Poids du cocon	R S.
Chine n° 9................	0^gr,18	1^gr,30	0.13
Chine n° 32..............	0 12	1 19	0.10
Bagdad..................	0 43	2 70	0.16
Race blanche des Cévennes..	0 24	1 78	0.13
Race jaune des Basses-Alpes.	0 32	2 04	0.15

D'après ces chiffres, les races de la Chine seraient, quant à la richesse en soie, à peu près au même rang que nos races blanches, mais inférieures à nos races jaunes.

Cette conclusion ne peut évidemment être acceptée qu'après de nouvelles mesures ; toutefois elle concorde déjà assez bien avec les observations qu'a faites M. Lambert dans un travail spécial sur les glandes soyeuses (voir l'Appendice). Je ne tirerai de ce travail que les chiffres indiquant le rapport entre le poids des glandes soyeuses d'un ver mûr et le poids total du ver ; pour ces mesures, M. Lambert avait soin de peser 3 ou 4 vers de chaque sorte, arrivés à complète maturité, et d'extraire leurs

glandes soyeuses jusque dans leurs derniers replis ; il n'a malheu-
reusement pas étendu ses recherches aux races de la Perse et de
Bagdad.

Races	Poids des glandes soyeuses	Poids du ver mûr	Rapport
Vers moricauds à cocons jaunes du Var..........................	1ᵍʳ,466	3ᵍʳ,348	0.437
Chine n° 4 (*Hua pi*), à cocons blancs	0 555	1 281	0.433
Roussillon, à cocons jaunes	1 265	3 135	0.403
Chine n° 30 (*Hua pi*), à cocons blancs	0 770	2 060	0.373
Chine n° 9 (*Tien taï*), à cocons blancs	0 769	2 189	0.351
Basses-Alpes, race à cocons jaunes..	0 800	2 280	0.350
Cévennes, race à cocons blancs ...	1 340	3 935	0.340
Chine n° 32 (*Lung chiao*), à cocons blancs	0 807	2 380	0.339
Roussillon, à cocons jaunes	0 906	2 776	0.326
Chine n° 28 (*San mien*), à cocons jaunes	0 480	1 480	0 324
Chine n°20 (*Huang chiao*), à cocons jaunes	0 305	1 130	0,269

M. Lambert a fait aussi quelques observations sur la couleur
des lobes soyeux ; les cocons blancs sont rarement d'un blanc
pur ; leur vraie couleur se voit nettement en ouvrant un ver mûr,
et cette couleur est toujours verdâtre ou jaunâtre. Non seulement on est ainsi renseigné sur la vraie nuance qu'aura la soie,
mais encore sur l'origine de la race blanche dont il s'agit.

Il est regrettable que M. Lambert n'ait pu continuer ces observations.

CHAPITRE III.

ÉLEVAGES DE 1888.

Pour les élevages de 1888, outre les reproductions des graines de 1887, j'ai eu à ma disposition 44 sortes nouvelles, que M. Natalis Rondot a obtenues, savoir : 33 sortes de la Chine, envoyées par l'Inspecteur général des Douanes de la Chine ; 10 sortes du Japon, envoyées par le ministère de l'Agriculture du Japon, et 1 sorte de la Perse, envoyée par le Ministre de France à Téhéran.

Toutes ces graines sont arrivées en assez bon état. Il ne suffisait pas d'en tirer des cocons, mais il fallait encore comparer ces races entre elles et avec les races de nos pays ; enfin, séparer les variétés différentes, souvent réunies dans un même lot.

Ce travail n'a pu être exécuté complètement, parce que le nombre des variétés différentes a été encore plus considérable qu'on ne l'avait présumé ; on a donc commencé seulement cette sélection, qui doit conduire à l'isolement de races pures. J'appelle race pure une race où tous les individus ont identiquement les mêmes caractères, notamment en ce qui regarde la couleur de la peau, les mues, l'annualité, la couleur des glandes soyeuses, la forme et la couleur des cocons, leur poids et leur richesse en soie, enfin le nombre des doubles. Avec le secours de M. Chapelle, stagiaire à la Station séricicole, j'ai déterminé quelques-uns de ces caractères ; nous n'avons pu, faute de temps, les observer tous, mais nous conservons pour 1889 des graines de presque toutes les races, afin de compléter plus tard ces premières études. Il n'est pas douteux que le travail qui sera accompli l'année prochaine aura une plus grande importance et conduira à des résultats plus décisifs.

Nos études ont dû s'étendre naturellement à un certain nombre de races de la France, afin qu'on pût faire des comparaisons entre

celles-ci et les races nouvelles, élevées dans les mêmes conditions.

Nous avons recueilli des papillons de toutes ces races : Chine,
Japon, Perse, France. Une collection de ces papillons a été préparée avec beaucoup de soin par M. Valéry Mayet. Mais, à part
des différences de taille, tous les papillons m'ont paru identiques.
S'il y a des différences entre eux, elles ne sont pas très apparentes, et exigeraient, pour être observées, des dissections et des
observations très minutieuses, qui n'ont pas été faites.

Je commencerai la description de ces élevages par celle des
reproductions des races étrangères de 1887 (en suivant l'ordre
alphabétique); viendront ensuite les races nouvelles de la Chine,
puis celles du Japon, du Levant, et enfin les races de la France.

Voici les numéros d'ordre de toutes ces sortes :

LISTE GÉNÉRALE DES GRAINES DES VERS A SOIE ÉLEVÉS EN 1888.

	Races nouvelles de la Chine.	Marque d'origine.	
N° 1.	Pai pi tsan, de Hou tchéou....................	31	I
2.	Pai pi huang chiao tsan, de Hou tchéou	31	II
3.	Pai pi tsan, de Yin chiang chiao	•32	I
4.	Pai pi tsan, de Yu hang.....................	32	II
5.	Pai pi tsan, de Yu hang	32	III
6.	Pai pi tsan, de Tien taï....................	32	IV
7.	Pai pi lung chiao tsan, de Yian chiang chiao....	33	V
8.	Pai pi lung chiao tsan, de Chen haï...........	33	VI
9.	Hua pi tsan, de Teng hua....................	34	VI
10.	Huang pi tsan, de Yu hang..................	36	VIII
11.	Pai pi tsan, de Ning po.....................	40	II
12.	Pai pi ta chung tsan, de Yin chiang chiao......	52	I
13.	Pai pi siao chung tsan, de Yin chiang chiao. ...	52	II
14.	Pai pi tsan, d'Amoy.......................	113	I
15.	Pai pi tsan, d'Amoy.......................	113	II
16.	Pai pi tsan, d'Amoy.......................	113	III
17.	Pai pi tsan, d'Amoy.......................	113	IV
18.	Hua pi tsan, de Han kéou...................	132	I
19.	Pai pi tsan, de Han kéou...................	132	II
20.	Pai pi tsan, de Han kéou...................	132	III

21. Pai pi tsan, de Han kéou...... 142   I
22. Man cha tsan, de Fou tchéou................   47   I
23. Chen lung tsan chung, de Chu chi....,.. 208   I
24. Hung mao chung, de Chu chi................   209   I
25. Chen lung tsan chin chiao chung, de Chu chi.... 210 I
26. Feï tse chung, de Cheng hsien..............   211   I
27. Ta kien chung, de Chu chi   212   I
28. Pai pi tsan, de Fu yang....................   213   I
29. Pai pi tsan, de Chu chi....................   214   I
30. Lung chiao tsan, de Chu chi................   215   I
31. Pai pi tsan, de Ho chia ta.................   216   I
32. Hei pi chê tsan, de Yang chia ta............   216   II
33. Hua pi chê tsan, de Wang chia ta............   217   II

Reproductions de vers de Chine :

34. R   3¹. Ping hu.....................   25   VII
35. R   4¹. Hua pi   23   V
36. R   4². Hua pi......................   23   V
37. R   5². Pai pi....................   23   I
38. R   5³. Pai pi......................   23   I
39. R   9¹. Tien tai...   25   IV
40. R 11¹. Wu lou......................   25   V
41. R 13¹. Pai pi......................   24   I
42. R 14². Ching pi.....................   24   VIII
43. R 18¹. Hui pi......................   23   IV
44. R 19¹. Chê shu.....................   25   I
45. R 23¹. Wu.......................   25   XIV
46. R 24¹. San   25   X
47. R 26¹. Tou erh....................   25   XIII
48. R 26². Tou erh....................   25   XIII
49. R 21¹. Tou erh....................   25   IX
50. R 32¹. Lung chiao tou...............   33   I

Races nouvelles du Japon :

51. Kiusei, de Shinano.....................   1
52. Aka jiku tchusu, d'Iwashiro...............   2
53. Ao jiku tchusu, d'Iwashiro...............   3
54. Shiro ko ishi maru, de Shinano............   4
55. Shiro hime, de Shinano..................   5
56. Ki hime, de Shinano....................   6
57. Aka jiku tchusu, d'Iwashiro...............   7

58. Ki hime.................................... 8

59. Aka jiku tchusu, d'Iwashiro.................... 9

60. Ki hime, de Shinano 10

Races du Levant :

61. R 43 Bagdad..........................

62. R 63. 64. Perse (Turbath et Malvalane ?).......

63. Perse, race nouvelle (Sebsevar)...........v....

64. Chypre....................................

65. Chypre, graine estivée....................

Races diverses :

66. R 36. Basses-Alpes........................

67. R 36. Basses-Alpes, graine estivée............

68. R 38. Var, vers rayés.....................

69. R 38. Var, vers non rayés.................

70. R 37. Cévennes, vers moricauds ....

72. Cévennes, cocons blancs..................

74. Japon verts, reprod. en Italie par M. Susani......

76. Cévennes, cocons jaunes...................

78. R 56-57. Roussillon........................

79. Roussillon...............................

81. R 39. Hérault..........................

82. Cévennes, cocons blancs.................

84. Race du Tché kiang, tirée d'Italie..........

85. R 4. Croisement des Chine n° 4, de 1887........

A.—ÉLEVAGES DES RACES DE CHINE REPRODUITES DE CELLES DE 1887.

Ché shu tsan tzu. R. 19^1 (n° 44).

Cette graine est la partie restée annuelle dans le grainage de 1887; en 1888, elle est devenue bivoltine, ainsi qu'on va le voir.

1re génération : vers blanc bleuâtre mêlés de vers blancs rayés de noir aux jointures des anneaux ; il est douteux qu'il y ait eu une 4e mue.

On a récolté 72 cocons blancs [16-31]. $N = 1,252$. $R S = \dfrac{1,114}{7,986}$ $= 0,14$. Doubles, 4 °/₀ (Les nombre 16-31 indiquent les diamètres moyens d'un cocon en millim. ; N est le nombre des cocons nécessaire pour peser 1 kilogr. La richesse en soie R S est déterminée par le rapport des poids de 10 coques soyeuses et de 10 cocons). De cette récolte, on a tiré 3 pontes non corpusculeuses, qui ont bivoltiné toutes les trois le 20 juin.

2ᵉ génération: A la montée, on a séparé les vers blancs bleuâtres des vers rayés ; de chaque sorte, on a obtenu environ 20 cocons (blancs), d'où 2 pontes de chaque sorte pour 1889. Dans ce 2ᵉ élevage, il y a eu beaucoup de gras et de flats.

En 1887, cette race avait été en partie annuelle et en partie trivoltine.

Ching-pi tsan tzu. R. 14² (n° 42).

Vers très mêlés, blancs et noir grisâtre. Cocons mêlés, blancs et verdâtres: 70 cocons blancs [17-32]. N = 1,000 ; R S = $\frac{1.104}{10.000} = 0,11$; 76 cocons verdâtres. N = 833. Doubles, 5 %.

Les cocons blancs donnent 6 pontes, dont 3 bivoltines et 3 annuelles. On élève une des bivoltines éclose le 26 juin ; elle donne des vers blancs piquetés de noir, mêlés de vers noirâtres à jointures blanches ; on ne conserve que ces derniers, qui font 39 cocons blancs pesant 32 gram., d'où on tire des pontes pour 1889.

Les cocons verts donnent 4 pontes, dont 2 bivoltines et 2 annuelles. On élève une des bivoltines éclose le 21 juin ; elle donne des vers d'un beau noir velouté à jointures blanches, mêlés de quelques blancs qu'on supprime ; les vers noirs font des cocons verts et des cocons blancs assez médiocres, dont on garde des pontes pour 1889.

En 1887, cette race avait été en partie bivoltine et en partie trivoltine ; elle paraît extrêmement mélangée.

Hua pi tsan tzu. R. 4¹ (n° 35).
Hua pi tsan tzu. R. 4² (n° 36).
Hua pi tsan tzu, croisement (n° 85).

N° 35. Partie annuelle des graines du n° 4 de 1887. Elle donne des vers d'un noir velouté, à ocelles de couleur marron. Cocons blancs [20-34]. N = 714. R S = $\frac{1,720}{14,000} = 0,12$. On fait 2 pontes en cellules pour 1889.

N° 36. Partie venant des bivoltins du n° 4 de 1887. Vers noir velouté rayés de blanc sur les jointures et sans ocelles marron ; il y a, en outre, quelques vers à peau plus claire. Récolté environ 300 cocons, les uns blancs, les autres verdâtres [15-32]. N = 1,000. R S = $\frac{1.144}{10,000}$ = 0,11. Doubles, 15 %. On a préparé 3 pontes de cocons blancs et 3 de cocons verts. Une des pontes de blancs a bivoltiné en donnant des vers noirâtres qui ont fait des cocons blancs ; de ces bivoltins, on a gardé 3 pontes pour 1889.

N° 85. Croisement de femelles du n° 4 avec des mâles races de Chine (n°ˢ 3, 7 et 31). Les vers ont pris le caractère de la race n° 4, car ils ont été noirs, à ocelles de couleur marron. Cocons blancs [16-33]. N = 952. R S = $\frac{1.290}{10.500}$ = 0,12. Doubles, 18 %. Trois pontes de cette récolte ont bivoltiné toutes trois, en donnant des vers à ocelles marron, mêlés de quelques vers blancs; parmi ces deux variétés de vers, il s'en trouve qui ont des proéminences saillantes sur les anneaux de l'abdomen; on récolte les cocons des vers à ocelles, d'où quelques cellules pour 1889.

Lung chiao tou tsan tzu. R. 32 (n° 50).

Vers blancs ordinaires, mêlés de vers à proéminences dorsales plus ou moins saillantes ; par intervalles, ces proéminences sont moins accusées. Récolté 120 cocons blancs [17-32]. N = 714. R S = $\frac{2.016}{14.000}$ = 0,14. Doubles, 3 %.

En 1887, les cocons étaient moins gros et moins pesants, et il y avait 6 à 7 % de doubles. Cette race s'est donc améliorée ; en outre, elle est curieuse à cause des bosselures des vers.

Pai pi tsan tzu. R.5² (n° 37).
Pai pi tsan tzu. R.5³ (n° 38).
Pai pi tsan tzu. R.13¹ (n° 41).

Cette race, dans les trois sortes, a été bivoltine, et les cocons fort médiocres ; en outre, les vers sont de diverses variétés, comme on va le voir ci-après :

N° 37. Vers noirâtres à rayures blanches sur les jointures, mêlés de quelques vers blancs. Récolté environ 200 cocons blancs [16-31]. N = 1,025. R S = $\frac{1.076}{9.750}$ = 0,11. Doubles, 10 %. On en tire des cellules qui bivoltinent toutes. On les laisse perdre.

N° 38. Vers d'un noir bleu à piquetures grises. Récolté environ 400 cocons blancs [14 26]. N = 1,538. R S = $\dfrac{596}{6.500}$ = 0,09. Doubles, 32 %. On fait de cette récolte 2 cellules qui bivoltinent
le 29 juin : les vers sont d'un gris brunâtre ; beaucoup périssent
de flacherie ; cocons faibles. N = 1,333 ; on en fait 4 pontes
pour 1889.

N° 41. Vers mêlés, blancs, et quelques noirs. Récolté 150 cocons
blancs [10-29]. N = 869. R S = $\dfrac{1.350}{11.505}$ = 0,11. Trois pontes
faites bivoltinent toutes les trois ; on ne garde pas ces vers.

San tsan tzu. R. 24 (n° 46).

Vers blanc grisâtre. Cocons blancs avec nuances verdâtres [19 35].
N = 747. R S = $\dfrac{1.944}{13.500}$ = 0,14. Doubles, 4 %. On fait quelques cellules pour 1889.

En 1887, cette race avait été en partie bivoltine.

Tien tat hsin chang R. 9¹ (n° 39).

En 1887, cette race n'avait pas bivoltiné : on la croyait annuelle ;
les cocons étaient ronds et pesants. En 1888, tous ces caractères sont changés à tel point que je suppose quelque erreur ou
confusion de graines commise à mon insu. Voici les observations faites sur ce n° 39.

Vers d'un blanc opale uni. Cocons blancs [18-30]. N = 952.
Doubles, 7 % R S = $\dfrac{1.366}{10.500}$ = 0,13. 2 cellules de graines
obtenues de ces cocons bivoltinent toutes les deux le 26 juin.

On élève quelques-uns de ces bivoltins, qui font leurs cocons le
28 juillet, d'où quatre pontes qui trivoltinent le 29 août.

On récolte encore ces vers trivoltins, qu'on élève en septembre,
et dont l'élevage n'est pas terminé en ce moment (16 septembre 1888).

Tou erh tsan tzu R. 26¹ (n° 47).
  —   —   R. 26² (n° 48).
  —   —   R. 21¹ (n° 49).

Les vers de toutes ces sortes ont l'aspect ordinaire, couleur
blanchâtre.

N° 47. Récolté environ 150 cocons, la plupart blancs [19-33]. N = 769.

$$RS = \frac{1.896}{13.000} = 0,14.$$ Doubles, 11 % ; quelques cocons ver-dâtres. On fait de cette récolte 2 pontes qui bivoltirent. On les néglige.

N° 48. Récolté environ 60 cocons d'un blanc verdâtre [18-33]. N = 666.

$$RS = \frac{1.798}{15.000} = 0,12.$$ Doubles, 14 %. On fait 5 pontes qui restent annuelles.

N° 49. Récolté environ 200 cocons blancs [18-31]. N = 952. = RS = $\frac{1.224}{11.500} = 0,10.$ Doubles, 18 %. Une ponte de cette récolte reste annuelle, tandis qu'une autre bivoltine le 21 juin ; on en tire quelques cocons du 19 au 25 juillet ; ils papillonnent le 2 août et font 6 pontes en cellules.

Ces races paraissent médiocres.

Wu tsan tzu. R. 23¹ (n° 45).
Wu lou tsan tzu. R. 11¹ (n° 40).

N° 45. Vers blanc opale. Récolté 200 cocons blancs [17-31]. = 869.

$$RS = \frac{1.328}{11.500} = 0,11.$$ Doubles, 6 %. 2 pontes obtenues de ces cocons bivoltinent et sont négligées ; 5 autres pontes restent annuelles.

N° 40. Vers blanc opale, mêlés de quelques vers rayés. Récolté 200 co-cons blancs [16-30]. N = 1,000. RS = $\frac{950}{10.000} = 0.09.$ On fait 2 cellules qui bivoltinent toutes deux le 20 juin et dont les vers périssent presque tous de flacherie ; on en obtient pour-tant deux pontes pour 1889.

En résumé, de toutes ces races, les plus intéressantes sont certainement : la race annuelle *Lung chiao*, dont les vers sont bosselés, et la race bivoltine *Hua pi*, dont les vers fort jolis ont des ocelles marron. La race *Ché shu* mérite aussi d'être gardée pour en extraire des vers à 3 mues ; ces vers sont remar-quables par la rapidité de leur évolution. Dandolo vantait beau-coup les races à 3 mues de l'Italie.

Toutes les autres races de la Chine ci-dessus étudiées et les suivantes sont à 4 mues.

Quant aux *Ching pi, Tou erh*, etc., on ne peut guère porter de jugement sur leur valeur tant qu'on n'aura pas séparé les diverses variétés qui paraissent réunies sous une dénomination unique.

En comparant les élevages de ces races chinoises en 1888 avec les élevages correspondants de 1887, on remarque aussitôt la notable augmentation de poids des cocons dans toutes les sortes, à l'exception d'une seule. Le tableau suivant fait ressortir ces différences. Elles dérivent probablement de deux causes : la quantité de la feuille de mûrier et la sanité plus parfaite des vers. Il sera curieux de voir en 1889 si cette augmentation de poids persiste.

NOMS ET NUMÉROS DES RACES.			NOMBRE DE COCONS AU KILO.	
	1887.	1888.	1887.	1888.
Hua pi,	n° 4...	R. 4.......	750	714
Pai pi,	n° 5...	R. 5......	1.630	1.025
Wu lou,	n° 11...	R. 11.......	800	1.000
Pai pi,	n° 13...	R. 13......	1.095	869
Ching pi,	n° 14...	R. 14.......	1.618	833
Chê shu,	n° 19...	R. 19......	1.600	1.252
Tou erh,	n° 21...	R. 21.......	1.100	952
Wu,	n° 23...	R. 23........	1.100	869
San,	n° 24...	R. 24.......	1.090	747
Tou erh,	n° 26...	R. 26.......	855	769
Lung chiao tou,	n° 32...	R. 32.......	840	714

B. — ÉLEVAGE DES RACES NOUVELLES DE CHINE, IMPORTÉES
EN 1888.

Toutes ces races sont à quatre mues. Leur élevage a été fait du 1er mai au 1er juin pour les races annuelles, c'est-à-dire dans un intervalle de 30 jours, et du 1er au 25 mai pour les races bivoltines.

A l'éclosion, on a étudié au microscope quelques vers de chaque sorte ; les n[os] où l'on a trouvé des corpuscules sont les suivants :

3, 6, 7, 9, 11, 14, 20, 24, 25, 27, 29, 30, 31 et 33.

L'élevage n'a présenté aucune difficulté. On a toujours eu soin de distribuer de la feuille très tendre.

La description des vers de chaque sorte exigerait de longs détails et même des dessins coloriés[1]. A défaut de cela, on a noté seulement les marques les plus apparentes : j'ai désigné sous le terme de *masque* les taches noires ou quelquefois rougeâtres placées symétriquement sur les anneaux thoraciques des vers à soie ; de loin, ces taches semblent des yeux ; quelques personnes croient, à tort, qu'elles caractérisent les individus mâles.

On a observé les dates des mues, mais on ne les rapportera pas, de peur d'allonger par trop ces descriptions.

Chen lung tsan chung, de *Chu chi* (n° 23).
Chen lung tsan chin chiao chung, de *Chu chi* (n° 25).

N° 23. Vers blancs, avec ou sans masque. Cocons blancs [18-34].

$$N = 689. \; R\,S = \frac{2,106}{14,500} = 0,14.$$ Doubles, 17 %. Fait 3 cellules de reproduction.

N° 25. Graine un peu pébrinée. Vers blancs, avec ou sans masque. Cocons blancs [16-30]. $N = 754. \; R\,S = \frac{1,472}{13,250} = 0,11.$ Doubles, 16 %. Fait 3 cellules.

Feï tse chung, de *Cheng hsien* (n° 26).

Vers mêlés, tout blancs, ou noirâtres avec rayures blanches sur les jointures des anneaux. Cocons blancs [15-29]. N = 869. $R\,S = \frac{1.470}{11,500} = 0,12.$ Doubles, 11 %. Fait 10 cellules.

[1] M. Degrully, professeur à l'École d'Agriculture et directeur du *Progrès agricole*, a eu l'heureuse idée de faire dessiner six des variétés qui lui ont paru les plus remcrquables. Ces dessins se trouvent réunis dans la Planche ci-jointe.

Hei-pi ché tsan, de *Yang-chia-ta* (n° 32).

Vers blancs sans masque. Cocons blancs un peu verdâtres [17-33].

$N = 816.$ $RS = \dfrac{1,980}{12,250} = 0,16.$ Doubles, 12 %. Fait 4 cellules.

Cette race est beaucoup plus belle que les Hei pi bivoltins de 1887.

Hua pi tsan, de *Teng hua* (n° 9).
Hua pi tsan, de *Han kéou* (n° 18).
Hua pi ché tsan, de *Wang chia ta* (n° 33).

N° 9. Graine fortement pébrinée. Vers sans masque, à peau jaune soufre livide, devenant d'un blanc de lait dans l'alcool Cette race est pure. Cocons blancs [16-27]. $N = 1,250.$ $RS = \dfrac{712}{8,000} = 0,09.$ Doubles, 18 %. Toutes les graines préparées bivoltinent le 20 juin, en donnant des vers toujours à teinte jaune livide. Les cocons de cette 2° récolte sont blanc verdâtre ou blancs ; on en fait 8 pontes pour la reproduction.

N° 18. Vers blancs avec ou sans masque. Cocons mêlés : 80 blancs, dont 7 doubles, et 101 jaune doré, dont 8 doubles.

Blancs : $N = 800.$ $RS = \dfrac{1,500}{12,500} = 0,12.$ Doubles, 8 %.

Jaunes [17-29]. $N = 869.$ $RS = \dfrac{1,570}{11,500} = 0,13.$ Doubles, 8 %.

Fait 2 cellules de chaque sorte pour reproduction.

N° 33. Graine un peu pébrinée. Vers blancs avec ou sans masque. Cocons blancs [16-27]. $N = 869.$ $RS = \dfrac{1,848}{11,500} = 0,16.$ Doubles, 11 %. Fait 4 cellules.

Tous ces Hua pi ne ressemblent pas aux Hua pi à vers noir foncé et cocons très ovales, de 1887.

Huang-pi tsan, de *Yu-hang* (n° 10).

Vers très mêlés : blancs avec masque ; corps piqueté de noir ou tout blanc ; blancs à rayures noires sur les jointures. Cocons faibles, irréguliers, blancs ou verts [15 29]. $N = 1,143.$ $RS = \dfrac{710}{8,500} = 0,08.$ Doubles, 12 %. Toute la graine faite en juin a bivoltiné et on ne l'a pas élevée, cette race paraissant très médiocre.

Hung mao chung, de *Chu chi* (n° 24).

Graine très pébrinée. Vers blancs, dont quelques-uns ont des proéminences dorsales, 4 sur le thorax, 4 sur l'abdomen. Il y a de la pébrine et de la flacherie. Cocons blancs [16 32]. N = 784.

$$RS = \frac{1,760}{12,750} = 0,13.$$ Doubles, 20 %. Préparé 10 celllules.

Cette race n'a de curieux que la particularité des bosses dorsales.

Lung chiao tsan, de *Chu chi* (n° 30).

Graine un peu pébrinée. Vers blancs, mêlés de moricands, dont la peau a des dessins onduleux suivant le vaisseau dorsal. Cocons blancs [15-31]. N = 764. $RS = \frac{1,280}{13,076} = 0,09.$ Doubles, 19 %; ces doubles ont l'aspect uni et régulièrement ovale des cocons simples. Préparé 5 pontes.

Man cha tsan, de *Fou tchéou* (n° 22).

Vers blancs avec ou sans masque. Cocons blancs [14-26]. N = 975. $RS = \frac{1,120}{10,250} = 0,10.$ Doubles, 8 %. Préparé 19 cellules de reproduction.

Pai pi tsan, de *Yin chiang chiao* (n° 3).
 — de *Yu hang* (n° 4).
 —   — (n° 5).
 — de *Tien tai* (n° 6).
 — de *Ning po* (n° 11).
 — d'*Amoy* (n° 14).
 — de *Han kéou* (n° 21).
 — de *Fu yang* (n° 28).
 — de *Chu chi* (n° 29).
 — de *Ho chia ta* (n° 31).

Toutes ces races sont à cocons blancs, plus ou moins verdâtres; toutes annuelles, excepté le n° 11, qui a été bivoltin. Les numéros un peu pébrinés sont les n°s 3, 6, 11, 14, 29; le n° 31 était fortement pébriné.

N° 3. Vers blancs piquetés de gris, avec ou sans masque; cocons blancs [16·29]. N = 740. $RS = \frac{1.600}{13.500} = 0,12.$ Doubles, 6 %. Fait 16 cellules.

N° 4. Vers comme le n° 3. Cocons légèrement verdâtres [16-30].

$$N = 825.\ R\,S = \frac{1.620}{12.120} = 0,13.\ \text{Doubles}, 6\,\%.\ \text{Fait 17 cellules}.$$

N° 5. Vers comme le n° 3. Cocons légèrement verdâtres [18-31].

$$N = 689.\ R\,S = \frac{1.900}{14.500} = 0,13,\ \text{Doubles}, 3\,\%.\ \text{Fait 13 cellules}.$$

N° 6. Vers comme le ɴ° 3. Cocons blancs, ronds [17-27], ressemblant à ceux de la race Tché-kiang (n° 84) décrite ci-après. N = 833.

$$R\,S\ =\ \frac{1.788}{12.000} = 0,14.\ \text{Doubles}, 3\,\%.\ \text{Fait 17 cellules}.$$

N° 11. Vers blanc bleuâtre sans taches ni masque. Cocons blanc verdâtre [18-30]. N = 1,176. $R\,S = \dfrac{1.824}{8.000} = 0,22.$ Doubles, 10 %. Fait 5 pontes qui ont toutes bivoltiné et qu'on a laissé perdre.

N° 14. Vers blancs. Cocons blancs et verdâtres, faibles, très médiocres [18-33]. N = 666. $R\,S = \dfrac{1.440}{15.000} = 0.09.$ Doubles, 13 %. Fait 2 cellules.

N° 21. Vers blanc grisâtre avec ou sans masque. Cocons blancs [17-31].

$$N = 784,\ R\,S = \frac{1.554}{12.750} = 0,12.\ \text{Doubles}, 4\,\%.\ \text{Fait 12 cellules}.$$

N° 28. Vers blancs, avec ou sans masque. Cocons blancs [16-32].

$$N = 755.\ R\,S = \frac{1.660}{13.250} = 0,12.\ \text{Doubles}, 12\,\%.\ \text{Fait 7 cellules}.$$

N° 29. Vers blanc pur, mêlés de vers noirs rayés de blanc sur les jointures des anneaux. Cocons blancs, ovales [17-30]. N = 999.

$$R\,S = \frac{1.420}{11.000} = 0.13.\ \text{Fait 5 cellules}.$$

N° 31. Vers blancs et gris, dont quelques-uns ont 4 bosses rougeâtres sur le thorax et 4 sur l'abdomen. Cocons blancs [15-31].

$$N = 740,\ R\,S = \frac{1.280}{13\,000} = 0,09.\ \text{Doubles}, 24\,\%.\ \text{Fait 5 cellules}.$$

Pai pi tsan, de *Hou tchéou* (n° 1).
—   d'*Amoy* (n° 15).
—   —   (n° 16).
—   —   (n° 17).
—   de *Han kéou* (n° 19).
—   —   (n° 20).
Pai pi huang chiao tsan, de *Han kéou* (n° 2).

J'ai réuni ces diverses sortes de Pai pi, parce que toutes ont été
annuelles et ont donné des cocons jaune doré, mélangés à des
cocons blancs ou blanc verdâtre. En' ouvrant les cocons jaune
doré, on voit que les couches intérieures de soie sont blanchâtres ; nos races jaunes d'Europe ont, au contraire, généralement
l'intérieur du cocon d'un jaune plus vif que l'extérieur.

N° 1. Vers blancs, avec ou sans masque ; corps piqueté de gris clair.
Cocons : environ 300 blancs plus ou moins verdâtres [16-30].
$$N = 740. \ RS = \frac{1.846}{13.500} = 0,13.$$ Doubles, 4 °/₀. On en fait
4 pontes. Il y a en outre 28 cocons jaune doré, c'est-à-dire environ 6 °/₀ et 2 doubles ; on fait une ponte de ces jaunes.

N° 15. Vers blanc grisâtre. Récolté environ 200 cocons jaune doré
[18-33]. $N = 909. \ RS = \frac{1.224}{11.000} = 0,11.$ Doubles, 10 °/₀. On
fait 6 pontes de ces jaunes. Il y a en outre environ 50 cocons
verdâtres très satinés, et 7 blancs.

N° 16. Vers blanc grisâtre, en très petit nombre ; un peu de flacherie.
Cocons jaunes, pointus, médiocres ; en tout 40 et 1 double.
Dimensions [16-33]. $N = 714. \ RS = \frac{1.053}{14.000} = 0,07.$ Doubles,
3 °/₀. Fait une ponte.

N° 17. Vers blanc grisâtre, peu nombreux. Récolté 46 cocons jaune
doré [18-31]. $N = 1,000. \ RS = \frac{1.280}{10.000} = 0.12$ Doubles, 11 °/₀.
Il y a en outre 16 cocons blancs et 3 couleur orange. Fait une
ponte des jaunes.

N° 19. Vers blanc grisâtre fort peu nombreux. Récolté 28 cocons jaunes
assez médiocres [20-29]. $N = 1,000. \ RS = \frac{1.330}{10\ 000} = 0,13.$
Doubles, 10 °/₀. Il y a eu outre 14 cocons blancs très médiocres.
Fait 2 pontes des jaunes.

N° 20. Vers blancs, mélangés de vers rayés et de vers jaunâtres. Récolté une trentaine de cocons jaune doré [18 31]. N = 1,000.
$$RS = \frac{1.354}{10.000} = 0,13.$$ Doubles, 15 °/₀. Il y a en outre une
vingtaine de cocons blancs ovales de diverses tailles, gros et
petits. On fait une ponte des blancs et 2 des jaunes.

N° 2. Vers blanc grisâtre, avec ou sans masque. Récolté une centaine
de cocons jaunes [16-32]. $N = 769. \ RS = \frac{1.906}{13.000} = 0,51.$

Doubles, 9 %. Il y a en outre environ 50 cocons blancs assez jolis. On fait 9 pontes de chaque sorte.

Pai pi lung chioa tsan, de *Ying chin g chiao* (n° 7).
— — de *Chen haï* (n° 8).
Pai pi ta chng tsan, de *Yin ching chiao* (n° 12).
Pai pi siao chung tsan — (n° 13).

N° 7. Vers blancs, avec ou sans bosses dorsales (qui apparaissent après la 3e mue, par paires sur les anneaux de l'abdomen). Beaucoup de flacherie. Cocons, une centaine, blancs assez gros [19-32].

$$N = 727. \quad RS = \frac{1.610}{16.000} = 0,11. \quad \text{Doubles, } 10 \text{ %. Fait 3}$$

pontes.

N° 8. Vers blancs presque tous ornés de bosses dorsales (dix sur l'abdomen, sur les 2e, 3e, 4e, 5e et 6e anneaux). Environ 200 cocons blancs jolis [19-35]. $N = 645. RS = \frac{2.214}{16.000} = 0,13.$ Doubles, 6 %. Fait 20 pontes des vers sans bosses et 8 des vers à bosses.

N° 12. Vers blancs et quelques-uns avec des bosses dorsales peu prononcées. Récolté environ 500 cocons blancs à reflet verdâtre [19-23]. $N = 727. RS = \frac{2.164}{13.750} = 0,15.$ Doubles, 7 %. Fait 10 pontes.

N° 13. Vers blancs sans masque ni bosses dorsales. Récolté 300 cocons blancs [18-29]. $N = 930. \quad RS = \frac{1.652}{10.750} = 0,15.$ Doubles, 7 %. Fait 16 pontes, qui restent annuelles, et une qui a bivoltiné. On a élevé cette dernière et l'on a obtenu des cocons blancs d'où 10 pontes faites le 1er août.

Ta kien chung, de *Chu chi* (n° 27).

Graine un peu pébrinée. Vers blancs mêlés de noirs à raies blanches sur les jointures des anneaux. Récolté environ 80 cocons blancs jolis [16-32]. $N = 666. \quad RS = \frac{1.630}{15.000} = 0,10.$ Doubles, 11 %. Fait 5 pontes.

Tché kiang. R. d'Ascoli Piceno (n° 84).

Depuis cinq ans, M. Tranquilli, sériciculteur à Ascoli, élève une race à cocons blancs presque sphériques, importée de la Chine avant 1870 et conservée depuis lors en Italie. M. Tranquilli a bien voulu me donner quelques grammes de cette graine.

Les vers ont été d'un beau blanc ; les cocons presque sphériques [26-19]. N = 784. $R S = \dfrac{1.684}{12.750} = 0.13$ Doubles, 5 %. On a fait une centaine de pontes de reproduction, dont une seule a bivoltiné.

Ces cocons ressemblent à ceux du n° 6 : Pai pi, de Tien taï.

C. — ÉLEVAGE DE RACES NOUVELLES DU JAPON.

Toutes ces races sont annuelles, à 4 mues ; les œufs, en parfait état, ont éclos avec une simultanéité remarquable. Chaque lot se composait de 4 pontes sur carton. L'élevage pour tous les lots a duré 34 jours, savoir : du 29 avril au 2 juin. Il n'y a eu ni pébrine ni flacherie. Sur 10 races, 6 sont à cocons blancs, 4 à cocons verts. Tous ces cocons sont d'assez petit format, à étranglement très accusé, et, dans tous les lots, parfaitement homogènes.

Cette collection d'œufs de races japonaises avait été formée et préparée avec un très grand soin ; elle était accompagnée des chenilles, des cocons et des papillons. C'est une de ces sortes, à cocons verts, que M. Moore a regardée comme étant tout à fait nouvelle.

RACES A COCONS BLANCS.

Aka jiku tchusu, d'*Iwashiro*   (n° 52).
    —   —   (n° 57).
    —   —   (n° 59).
Ao jiku tchusu,   —   (n° 53).
Shiro ko ishi maru, de *Shinano* (n° 54).
Shiro hime   —   —   (n° 55).

Vers blancs, piquetés de points gris ; masque nul ou peu marqué.

N° 52. Récolté 250 cocons [17-31]. N = 606. $R S = \dfrac{2.424}{16,500} = 0,14.$ Doubles et rouillés, 14 à 16 %.

N° 57. Récolté 400 cocons [17-32]. N = 615. R S = $\dfrac{2.714}{16.250}$ =0.16.

Doubles et rouillés, 15 à 16 %.

N° 59. Récolté 250 cocons [16-30]. N = 615. R S = $\dfrac{2.360}{16.250}$ =0.14.

Doubles et rouillés, 21 %.

N° 53. Récolté 400 cocons [16-29]. N = 769. R S = $\dfrac{2.230}{13.000}$ =0.17.

Doubles et rouillés, 13 à 14 %.

N° 54. Récolté 300 cocons [14-27]. N = 842. R S = $\dfrac{1.640}{11.875}$ =1.14.

Doubles et rouillés, 9 %.

N° 55. Récolté 500 cocons [15-30]. N = 689. R S = $\dfrac{1.740}{14.500}$ =0.12.

Doubles et rouillés, 7 %.

On a fait une douzaine de pontes de toutes ces sortes pour la reproduction.

RACES A COCONS VERTS.

Kiu sei, de *Shinano* (n° 51).
Ki hime — (n° 56).
Ki hime — (n° 58).
Ki hime, — (n° 60).

Vers blancs piquetés de gris, masque nul ou léger; ceux du n° 60 sont tout blancs.

N° 51. Récolté 300 cocons [15-29]. N = 666. R S = $\dfrac{1.970}{15.000}$ =0.13.

Doubles et rouillés, 14 à 16 %.

N° 56. Récolté 500 cocons [16-29]. N = 677. R S = $\dfrac{2.190}{14.750}$ =0.14.

Doubles et rouillés, 12 à 14 %.

N° 58. Récolté 300 cocons [16-29]. N = 800. R S = $\dfrac{1.984}{12.500}$ =0.15.

Doubles et rouillés, 19 à 21 %.

N° 60. Récolté 200 cocons [15-29]. N = 714. R S = $\dfrac{2.070}{14.000}$ =0.14.

Doubles et rouillés, 8 à 10 %.

On a fait une douzaine de pontes de toutes ces sortes.

Comme terme de comparaison, voici les chiffres donnés par un élevage de *Verts Japon* reproduits plusieurs fois en Italie par M. Susani, qui a bien voulu m'en donner des graines.

Verts Japon. Nº 74. Les vers sont, les uns blancs, les autres piquetés de gris. Cocons verts à étranglement marqué, moins fort que dans quelques races ci-dessus. Dimensions [16-31].

$$N = 769. \ RS = \frac{2.126}{13.000} = 0.16.$$ Doubles et rouillés, 15 %.

D. — ÉLEVAGE DE RACES DU LEVANT.

Bagdad. R 43 (nº 61).

Vers blancs à 4 mues. L'élevage dure du 2 mai au 4 juin. Il y a beaucoup de pébrine ; il paraît que la graine a été mal sélectionnée. Cocons mélangés, 9 dixièmes blancs avec reflet verdâtre, et 1 dixième jaune paille (intérieur blanchâtre).

Blancs [20-41]. $N = 400$. $RS = \frac{3.788}{25.000} = 0.15$. Doubles, 6 à 7 %.

Jaunes [20-40]. $N = 434$. $RS = \frac{3.904}{23.000} = 0.16$. Doubles, 6 à 7 %.

On a fait 18 pontes de blancs et 5 de jaunes, qui seront probablement très corpusculeuses.

Perse (turbath et malvalane ?). R (3 et 64 (nº 62).

Graine mêlée. Vers blancs à 4 mues, blanc grisâtre, ou piquetés comme les japonais. L'élevage dure du 30 avril au 2 juin. Il y a beaucoup de pébrine. Cocons mélangés, 2 tiers vert clair et 1 tiers jaune doré (intérieur blanchâtre.)

Verts [16-30]. $N = 727$. $RS = \frac{1.790}{13.750} = 0.13$. Doubles et rouillés, 15 %.

Jaunes [16-40]. $N = 869$. $RS = \frac{1.760}{11.500} = 0.15$. Doub., 13 %.

On a fait 3 pontes de verts et 3 pontes de jaunes.

Perse : graine nouvelle, dite de Sebzevar, importée en 1888 (nº 63).

Graine un peu pébrinée. Vers très gros, de couleur blanc jaunâtre ou blanc verdâtre, à 4 mues. L'élevage dure du 26 avril au 9 juin. Cocons énormes et minces, les uns jaune doré à intérieur blanchâtre, les autres vert clair.

Jaunes [31-53]. $N = 400$. $RS = \dfrac{3.370}{25.000} = 0,13$. Doubles, 3 à 4 °/₀.

Verdâtres [31-53]. $N = 370$. $RS = \dfrac{4.100}{27.000} = 0,15$. Doubles, 3 à 4 °/₀.

Les papillons mâles sont sortis presque tous longtemps avant les femelles ; en outre, les accouplements ont été difficiles. On a récolté fort peu de graine.

Chypre : graine importée en septembre 1887 (n° 64).

Cette graine a été sélectionnée de pontes cellulaires faites par M. Kalogéras, à Larnaca. Les vers sont énormes, à 4 mues. L'élevage dure du 1ᵉʳ mai au 5 juin. Un ver mûr pèse 6ᵍʳ,2. Cocons pointus d'un bout, d'un jaune pâle à la surface et à l'intérieur, et d'un jaune plus vif dans les couches moyennes ; parfois l'intérieur est également jaune vif [27-56], $N = 294$.

$$RS = \frac{5.810}{44.000} = 0,17. \text{ Doubles, 1 sur 300.}$$

Chypre : graine précédente estivée (n° 65).

Une partie de la graine de Chypre, détachée des cellules le 27 septembre 1887, a été mise à la chambre chaude, maintenue entre 15 et 25 degrés centigrades, jour et nuit, jusqu'au 1ᵉʳ janvier ; après cette époque, elle a subi le froid naturel de la saison jusqu'au 19 avril. A cette date, a commencé l'incubation ; il fallait 1,318 œufs pour un gramme, tandis que 1,246 des Chypre non estivés suffisaient pour ce même poids. Les éclosions et les mues ont été toujours de 3 ou 4 jours plus tardives pour les graines estivées ; les cocons ont été aussi un peu plus petits, de même forme, du reste, que les autres. L'élevage a duré du 3 mai au 8 juin.

Cocons jaunes [26-52]. $N = 370$. $RS = \dfrac{4.844}{27.000} = 0,17$. Doubles, 1 sur 200.

Il résulte de cet essai que l'estivation n'a pas eu d'effet avantageux, dans les conditions où elle a été faite ci-dessus.

4

E. — ÉLEVAGE DE DIVERSES RACES DE FRANCE.

Il est utile qu'on puisse comparer les races étrangères étudiées précédemment, avec les races de France les plus répandues. C'est pourquoi j'ai élevé côte à côte, avec les lots de vers de la Chine, du Japon et du Levant, un assez grand nombre de graines reproduites des élevages de 1887, à la Station séricicole. Je donne ci-après le tableau des sortes les mieux caractérisées ; toutes ces races sont à quatres mues ; il n'y a eu ni pébrine (si ce n'est par contagion, à un faible degré), ni flacherie, au cours des élevages.

RACES A COCONS JAUNES.

Basses-Alpes, R. 36 (n° 66), fournie par M. Chabrier en 1886.
       —   *estivée* (n° 67), même lot que le précédent.
Var, vers rayés, R. 38 (n° 68), fournie par M. Bérenguier en 1888.
Var, vers non rayés (n° 69), même lot que le précédent.
Cévennes, R. 37 (n° 70), fournie par M. Bousquier en 1886.
Cévennes (n° 76), cocons de M. Bourguet (1887).
Roussillon, R. 56 et 57 (n° 78), graine fournie par M. Rollat en
     1886.
Roussillon (n° 79), graine fournie par Mᵐᵉ de Gelcen en 1888.
Hérault, R. 39 (n 81), graine reproduite à la Station séricicole
     depuis 1874.

N° 66. Vers blancs, élevage du 2 mai au 2 juin. Cocons [19-37]. N =
500. R S $= \dfrac{2.972}{20.000} = 0,14$. Doubles, 2 à 3 %.

N° 67. Vers blancs, élevage du 4 mai au 7 juin. Cocons [19-37]. N =
526. R S $= \dfrac{2.763}{19.000} = 0,14$. Doubles, 2 à 3 %.

N° 68. Vers rayés de noir, élevage du 6 mai au 8 juin. Cocons [18-33].
N = 526. R S $= \dfrac{2.920}{19.000} = 0,15$. Doubles, 2 à 3 %.

N° 69. Graine provenant de vers blancs triés avant la montée parmi los rayés du n° 38 de 1887 et mis à part ; élevage du 4 mai au 6 juin. Cocons [19-37]. N=500, $RS = \dfrac{3.510}{20.000} = 0,17$. Doubles, 3 à 4 %.

N° 70. Vers moricauds, élevage du 4 mai au 8 juin. Cocons [18-35]. N = 439. $RS = \dfrac{3.024}{22.750} = 0,13$. Doubles, 5 %.

N° 76. Vers blancs, élevage du 4 mai au 5 juin [19-38]. N = 454. $RS = \dfrac{3\,570}{22.000} = 0,16$. Doubles, 2 à 3 %.

N° 78. Vers blancs, mêlés de quelques rayés provenant peut-être des vers du n° 68 ; élevage du 3 mai au 3 juin. Cocons [18-36]. N = 487. $RS = \dfrac{3.940}{20.500} = 0,19$. Doubles, 2 à 3 %.

N° 79. Vers blancs, élevage du 4 mai au 7 juin. Cocons [18-36]. N 471. $RS = \dfrac{2.890}{21.000} = 0,13$. Doubles, 2 à 3 %.

N° 81. Vers blancs, élevage du 2 mai au 4 juin. Cocons [18-35]. N = 533. $RS = \dfrac{2.530}{18.750} = 0,13$. Doubles, 4 à 5 %.

RACES A COCONS BLANCS.

Cévennes (n° 72), graine fournie par M. Bousquier.
Cévennes (n° 82), graine tirée des cocons de M. Clavairolle (1887).

N° 72. Vers blancs, élevage du 28 avril au 1er juin. Cocons [18-34]. N = 519. $RS = \dfrac{2.030}{19.250} = 0,10$. Doubles, 2 %.

N° 82. Vers rayés de noir, élevage du 4 mai au 5 juin. Cocons [20-35]. N° = 512. $RS = \dfrac{2.900}{19.500} = 0,14$. Doubles, 2 %.

Au sujet des n°s 66 et 67, non estivés et estivés, il y a quelques remarques à faire : il fallait pour 1 gram., à la mise en incubation le 21 avril, 1,518 œufs estivés et 1,456 non estivés. L'élevage des premiers a duré du 4 mai au 7 juin ; des derniers, du 2 mai au 2 juin. Aucune différence dans l'aspect des vers ; les cocons des estivés sont un peu plus légers. En somme, différences très légères ; l'estivation semble avoir eu très peu d'effet.

Je me suis abstenu de toute comparaison entre les races de la Chine, du Japon, du Levant et de nos races de l'Europe, parce que cette comparaison serait prématurée. On peut bien, à l'aide des chiffres rapportés dans les comptes rendus qui précèdent, former des tableaux pour faire ressortir les races qui ont donné les cocons les plus pesants ou les plus riches en soie. Ainsi, parmi celles de Chine, la race n° 8 a donné des cocons dont il ne faut que 645 au kilo; parmi celles du Japon à cocons blancs, les n°ˢ 52, 57 et 59 se distinguent également : il ne faut que 606 et 615 de ces cocons au kilo.

La plus grande richesse en soie, au sens que j'ai attribué à ce mot, est constatée dans les races :

Races.		Richesse soyeuse.
N°ˢ 32	Héi pi ché de Chine.......	0,16
33	Hua pi ché —	0,16
53	Ao jiku du Japon........	0,17
57	Aka jiku —	0,16
74	Verts Japon Susani.........	0,16
61	Bagdad jaunes...........	0,16
64-65	Chypre	0,17
78	Jaunes Roussillon..........	0,19
69-76	Jaunes Cévennes..........	0,17

Mais de telles conclusions n'ont qu'une valeur relative, subordonnée au degré de confiance que peuvent inspirer les observations elles-mêmes. Or, on a pu remarquer, et j'ai répété plusieurs fois, que ces observations ne sont qu'une première approximation des faits : elles s'appliquent, en effet, à des races dont beaucoup ne sont pas assez pures pour être caractérisées avec précision; les cocons, aussi bien que les vers, sont de différents types, ce qui fait supposer que les graines provenaient de mélanges ou de croisements mal définis. En second lieu, les pesées des cocons et des coques soyeuses doivent porter sur un assez grand nombre de cocons pour annuler l'influence du sexe des individus. Enfin, les rendements en soie dévidable ne sont pas toujours proportionnels aux poids bruts des coques : l'intervention d'un filateur est donc nécessaire. Mais tout ce travail, que j'ai seulement ébauché, se trouve suffisamment défini pour être exécuté dès la campagne prochaine ; c'est alors seulement que j'essayerai des comparaisons entre les races diverses.

CHAPITRE IV.

CONCLUSION.

Le lecteur qui aura eu la patience de me suivre jusqu'ici me reprochera sûrement de l'avoir fatigué de chiffres et de menus détails, pour aboutir à de bien maigres résultats.

Mais il voudra bien considérer que cet entassement de faits, au début d'un travail de classement, était inévitable. Reproche-t-on aux naturalistes d'avoir trop d'espèces à décrire ? A mesure que ces expériences se poursuivront, les variétés de peu de valeur seront écartées ; les plus intéressantes seules seront conservées, et leur étude se simplifiera.

Dans l'état actuel des choses, on ne peut dégager de ce qui précède qu'un petit nombre de conclusions bien positives, que voici :

1° Nous sommes en présence de plusieurs espèces ou races de vers à soie tout à fait inconnues jusqu'ici en Europe : vers à bosses, vers à ocelles marron, vers de couleur soufrée, vers à cocons sphériques, etc., etc.

2° Ces races ne paraissent inférieures aux nôtres, ni pour la vigueur des vers et la rapidité de leur évolution, ni pour la richesse en soie ; certaines de ces races semblent même douées de glandes soyeuses plus développées que dans nos races de l'Occident.

3° La comparaison de ces races peut se faire avec précision par des élevages simultanés, dans lesquels les déterminations caractéristiques de chacune d'elles devront être faites.

Il ressort de là, d'une manière évidente, que l'intérêt de nos éleveurs de vers à soie exige la continuation de ces recherches.

Il ne s'agit pas seulement de faire des éducations de vers et de ramasser des cocons : on comprend que ces élevages ne sont qu'un moyen ; le but, c'est l'*étude des races*, la recherche de *races pures*, et la *sélection des plus avantageuses* entre toutes.

A mesure qu'on approfondit ce sujet, on en apprécie davantage l'importance. Au début, ainsi que je l'ai dit plus haut, j'étais loin de comprendre sur quoi mes observations devaient porter, et je ne voyais pas bien la portée que mon travail devait avoir. Je dois à M. Natalis Rondot, ainsi qu'à M. Frédéric Moore, de m'avoir éclairé au cours de mes élevages. M. Rondot m'a montré comment les études de science entomologique pure et les éducations expérimentales raisonnées devaient s'accorder pour conduire à des faits très instructifs et à des résultats *pratiques* très nets.

Je reconnais que, en matière de connaissance des espèces ou des races du ver à soie du mûrier, nous avons encore tout à apprendre.

M. Rondot continue de poursuivre avec ardeur sa recherche des espèces séricigènes du monde entier. Ce qu'il attend, dit-il, de tous ses correspondants est encore plus considérable que ce qu'il a déjà reçu ; l'Inde notamment lui fournira des espèces très curieuses et nouvelles. Pour moi, limitant mon action à l'étude des vers vivants, en tant que producteurs de bons cocons, je suis résolu à ne rien négliger pour mener à bonne fin cette entreprise. Cette entreprise, je ne saurais trop le répéter, telle que M. Rondot et moi nous la comprenons, est bien définie ; elle sera pleine d'intérêt, féconde et utile, et notre industrie séricicole sera la première à en tirer profit.

Au surplus, c'est dans tous les pays que les études séricicoles ont repris faveur : la soie est un des produits les plus précieux sur lesquels l'activité humaine puisse s'exercer, et tous les jours sa consommation s'accroît. Les Italiens multiplient leurs stations bacologiques ; l'Institut de Padoue, qui les gouverne, est devenu un vaste laboratoire de recherches exclusivement consacré à la sériciculture. L'Orient même nous donne l'exemple : pour la collection des spécimens des races, les Chinois et les Japonais nous ont devancés ; l'enquête commencée en Chine est très remarquable. L'Inde à son tour se prépare à établir des laboratoires d'étude et à appliquer nos méthodes de sélection. Elle a déjà une magnanerie expérimentale où l'on a travaillé avec quelque succès.

Comment la France pourrait-elle rester en arrière ? Nous nous applaudissons donc bien hautement de la faveur accordée à nos études par le ministère de l'Agriculture et par la Chambre de Commerce de Lyon.

Nous sommes heureux d'avoir été appelé à organiser et à diriger cet ensemble d'élevages si imprévu, les nouvelles études que ces élevages comportent, et à tirer parti de tant de nouveaux matériaux, dans l'intérêt de notre sériciculture et de l'industrie de la soie tout entière.

APPENDICE.

Recherches sur le poids et la couleur des glandes de la soie dans quelques races de vers à soie étrangers, par F. LAMBERT, *stagiaire à la Station séricicole de Montpellier.*

Les avis des naturalistes sont partagés sur la question de l'origine des cocons blancs chez les vers à soie : dérivent-ils des jaunes ou des verts, ou constituent-ils des variétés distinctes ?

On s'est aussi demandé s'il n'y aurait pas, dans la relation du poids des lobes soyeux au poids total du ver mûr, des différences entre les races, et si, par exemple, les races orientales seraient, ou non, supérieures à celles du pays.

Pour étudier des questions de ce genre, il était nécessaire d'avoir à sa disposition un assez grand nombre de races différentes, appartenant aux deux groupes en question. Jusqu'à présent, cette circonstance favorable ne s'était pas présentée ; mais cette année, grâce à M. Natalis Rondot, un lot assez considérable de graines directement importées de la Chine, et appartenant à 35 races ou variétés diverses, est parvenu à la Station séricicole de Montpellier et, d'après les conseils de M. Maillot, directeur de la Station, nous avons fait quelques essais dont nous donnons les détails ci-après.

I. — *Poids relatif des glandes soyeuses.*

Le poids des glandes soyeuses, au point de vue technique, offre un incontestable intérêt. En effet, toutes choses égales d'ailleurs, il est rationnel de donner la préférence, dans l'élevage industriel, à la race qui, par l'unité de poids du corps, donnera la plus grande masse de soie.

Le 26 février 1847 (voir *Annales de la Société séricicole*, 1847, tom. X, pag. 306, 307, 308), Camille Beauvais, entretenant ses Collègues de la Société séricicole d'une éducation de vers de la Chine à cocons blancs, leur faisait remarquer que ces vers, beaucoup plus petits que ceux de nos races, compensaient cette infériorité de taille par un plus grand développement des lobes soyeux et une moins grande aptitude à accumuler de la graisse autour de ces organes et du tube digestif.

Cette remarque de Camille Beauvais se trouve être confirmée par les résultats auxquels nous sommes arrivé.

Un certain nombre de vers bien mûrs, trois ou quatre au moins, appartenant à quatorze races, dont 7 de Chine et 7 d'Europe, ont été pesés avant et après extraction des lobes soyeux ; on retirait ces lobes jusqu'à leurs derniers replis. On a déduit de là les poids moyens du corps et des lobes soyeux d'un ver pour chaque race, et le rapport du poids des lobes au poids du ver.

Nous nous sommes ensuite demandé : 1° si, entre le groupe des races de l'Orient et celui des races de l'Occident, il y avait une différence en faveur de l'un ou de l'autre ; 2° si cette différence persiste quand on compare les races donnant des cocons de même nuance.

Les tableaux I et II répondent à la première question.

TABLEAU I. — *Races orientales.*

Numéros et noms des Races	Couleur des Cocons	Poids moyen d'un ver	Poids moyen des lobes	Rapport de ces poids
4 Hua pi................	blancs et q. q. verts	1ᵍ281	0ᵍ555	0.433
9 Tien tai hsin chang.......	blancs.......	2.189	0.769	0.351
20 Huang chiao....	jaunes et q.q. blanc verd	1.130	0.305	0.269
28 San mien...............	jaunes et q.q. blancs	1.480	0.480	0.324
30 Hua pi tou..............	blancs.......	2.060	0.770	0.373
32 Lung chiao tou..........	blancs.......	2.380	0.807	2.339
TOTAUX................		12.708	4.541	2.480
MOYENNES..............		1.815	0.649	0.354

TABLEAU II. — *Races de l'Europe.*

Numéros et noms des Races	Couleur des Cocons	Poids moyen d'un ver	Poids moyen des lobes	Rapport de ces poids
37 Var, vers moricauds......	jaunes......	3ᵉ 348	1ᵉ 466	0.437
41 Cévennes (Valleraugue)...	blancs.......	3.935	1.340	0.340
46 Hérault (Gignac).........	jaunes.......	2.700	0.810	0.300
49 Italie (race D, de M. Albini).	jaunes......	1.870	0.610	0.326
56 Roussillon (graine estivée).	jaunes.......	3.135	1.265	0.403
58 Hérault (Montagne).....	jaunes......	2.776	0.906	0.326
68 Basses-Alpes (Peyruis)....	jaunes......	2.280	0.800	0.339
TOTAUX...............		20.044	7.197	2.482
MOYENNES............		2.863	1.028	0,355

Entre ces rapports 0,354 et 0,355, il n'y a donc qu'une différence peu sensible et qui est en faveur de nos races d'Europe.

Entre les races blanches de la Chine et de l'Europe, les tableaux III et IV affirment au contraire une différence plus accentuée en faveur des premières ; cette différence est de 0,037.

III. — *Races blanches de la Chine.*

Numéros	Rapport
4,.............	0.433
9,.............	0.351
26,............	0.391
30,............	0.373
32,............	0.339
TOTAL.......	1.887
MOYENNE....	0.377

IV. — *Races blanches de l'Europe.*

Numéros	Rapport
41.............	0.340

Mais pour les vers à cocons jaunes, la supériorité revient à nos races de pays, comme on le voit par les tableaux V et VI.

V. — *Races jaunes de la Chine.*

Numéros	Rapports
20	0.269
28	0.324
Total	0.593
Moyenne	0.295

VI — *Races jaunes de l'Europe.*

Numéros	Rapports
37	0.437
46	0.300
49	0.326
56	0.403
58	0.326
68	0.350
Total	2.142
Moyenne	0.357

L'excès de poids est de 0,062 en faveur des races de l'Occident.

II. — *Couleur des glandes soyeuses.*

Le blanc des cocons dérive-t-il du jaune ou du vert ? L'étude des cocons ne pourrait donner à ce sujet que des indications vagues et très discutables, à cause de la trop faible épaisseur sous laquelle la matière colorante s'y offre à l'œil. Mais il était un moyen bien simple de tourner la difficulté par l'examen des lobes soyeux, dans lesquels la masse de substance colorante est suffisante pour impressionner la vue. C'est ce moyen que nous avons adopté pour l'appliquer à l'examen des vers appartenant à douze des races de Chine qui étaient à notre disposition, et à la race de pays dite *Valleraugue blancs.*

Noms des Races.	Couleur des Lobes soyeux.
N° 15. Tou erh	vert clair.
26. Tou erh	—
27. Yu hang	—
31. Pai pi	—
32. Long chia tou	—
6. Hui pi	vert tendant au jaune clair.
4. Hua pi	presque incolores.
30. Hua pi tou	—
3. Pin hu	blanc porcelaine.
9. Tien tai hsing chang	—
41. Valleraugue	jaunes.

Chine
N° 38.

Chine
N° 36.

Chine
N° 85.

Chine
N° 8.

Chine
N° 35.

Chine N° 9.

V. Mayet, del.   Lith G. Severeyns.   J. Mayet, pinx.

RACES DIVERSES DE VERS À SOIE DE CHINE.

Les lobes incolores ou blanc porcelaine ne présentent cet aspect que quand ils sont récemment extraits du corps de l'animal. Peu d'instants après, ils deviennent verdâtres, jaunâtres ou bruns, suivant les cas. Le blanc porcelaine a déjà été signalé par M. Pasteur chez les vers corpusculeux, et nous avons, en effet, constaté la présence de corpuscules.

Les blancs Valleraugue ont tous donné des lobes franchement jaunes ; quand on les compare à ceux des races de la Chine, même choisis parmi les nuances les plus proches du jaune, ces derniers ressortent nettement en vert sur les premiers.

Il semble donc que l'on puisse conclure qu'en général les races de la Chine à cocons blancs dérivent de races à cocons verts, tandis que les races occidentales à cocons blancs ont pour origine des races à cocons jaunes.

Je dis *en général*, car il est fort possible qu'entre les races jaunes et les races vertes, et même entre ces nuances et l'incolore, il existe tous les intermédiaires. Et, du reste, peut être les races vertes et les races jaunes sont elles-mêmes réductibles à une seule. Il n'est pas rare, en effet, de trouver des cocons jaune verdâtre (couleur de soufre) au milieu de cocons jaunes, et réciproquement. D'ailleurs, parmi des vers de la Chine donnant des cocons jaunes (n⁰ˢ 20 et 28), nous en avons trouvé avec des lobes jaune orangé dans la partie moyenne et plutôt verdâtres aux extrémités, ce qui tendrait à donner à cette idée quelque vraisemblance.

Montpellier, 1887.

PUBLICATIONS DU MÊME AUTEUR.

Rapport sur les Congrès séricicoles de Goritz et Udine, 45 pag. in-8º. — Paris. Masson, 1872...................................... . 1 fr.

Rapport sur le Congrès séricicole de Rovereto,54 pag. in-8º. — Paris, Masson, 1873... 1 fr. 25 c,

Mémoires et documents sur la Sériciculture. — Premier fascicule comprenant sept opuscules I à VII brochés en 1 vol............... 6 fr.

    Deuxième fascicule comprenant sept opuscules VIII à XIV, brochés en 1 vol .... 6 fr.

    Troisième fascicule, comprenant :

XV. **Des principes du Grainage,** 2º édit.; 28 pag. in-8º.... 0 fr. 75 c.

XVI. **Des Soieries et des Vers à soie en Chine,** par le P. J.-B. DU HALDE (1735), 37 pag. in 8º, 1879........................... 0 fr. 75 c.

XVII. **Des Insectes en général et en particulier du Bombyx du mûrier,** *Observations anatomiques et physiologiques,* par DE FILIPPI (1850), 27 pag. In-8º, avec 3 planches, 1879......... 1 fr. 50 c.

XVIII. **Statistique séricicole de la France pendant la période 1882-85** 23 pag. in-8º, avec une carte, 1886.................... 1 fr.

XIX. **Deux études chimiques sur les Œufs de Vers à soie,** par MM. VERSON et TICHOMIROFF, 15 pag. in 8º, 1884-85..... 0 fr. 75 c.

Rapports du Jury international à l'Exposition de 1878 à Paris : *Les Insectes utiles,* par MM. BALBIANI et MAILLOT, 56 pag. in-8º. — Paris, Imp. Nationale, 1881. (Se vend à l'Imp. Nationale)

MARCELLO MALPIGHI. **Traité du Ver à soie,** traduction française avec le texte latin et les planches conformes à l'édition de Londres (1669), 154 pag. et 12 planches, in-4º Jésus..................... 10 fr.

Leçons sur le Ver à soie du Mûrier, 273 pag. in-8º, avec 3 planches gravées et 36 fig. intercalées dans le texte, 1885.... .... 5 fr.

Montpellier.— Typ. CHARLES BOEHM.